ro
ro
ro

LUKAS BÄRFUSS, geboren 1971 in Thun, ist Dramatiker, Romancier und streitbarer Publizist. Seine Stücke werden weltweit gespielt, die Romane sind in zwanzig Sprachen übersetzt. Lukas Bärfuss ist Mitglied der Deutschen Akademie für Sprache und Dichtung und lebt in Zürich. Für seine Werke wurde er u. a. mit dem Berliner Literaturpreis, dem Schweizer Buchpreis und dem Georg-Büchner-Preis ausgezeichnet. Zuletzt erschien bei Rowohlt *Vaters Kiste*.

«Das Buch ist eine Wucht.» *NZZ am Sonntag*

DIE KRUME BROT

LUKAS BÄRFUSS

ROMAN

Rowohlt Taschenbuch Verlag

1. Auflage

Veröffentlicht im Rowohlt Taschenbuch Verlag,
Kirchenallee 19, 20099 Hamburg, Juli 2025

Covergestaltung Cordula Schmidt Design, Hamburg,
nach einem Entwurf von Anzinger und Rasp, München
Coverabbildung Neil Krug
Satz aus der Guyot Text
bei CPI books GmbH, Leck
Druck und Bindung GGP Media GmbH, Pößneck
ISBN 978-3-499-01036-1

Kontaktadresse nach EU-Produktsicherheitsverordnung:
produktsicherheit@rowohlt.de

FSC
www.fsc.org
MIX
Papier | Fördert
gute Waldnutzung
FSC® C014496

Niemand weiß, wo Adelinas Unglück seinen Anfang nahm, aber vielleicht begann es lange vor ihrer Geburt, fünfundvierzig Jahre vorher, um genau zu sein, an der Universität in Graz. Dort hatte ihr Großvater, ein Mann namens Angelo Mazzerini, während seines Studiums der Rechtswissenschaften die verbotenen Schriften von Cesare Battisti gelesen, und von da an verehrte er die Karstlandschaft Istriens als heiligen Boden, hasste er das Imperium, den österreichischen Kaiser und seine Henker. Für den Studenten aus Triest fand jede Frage ihre Antwort in der Geschichte, und mit Barzini sah er seine Heimatstadt als Bollwerk der römischen Zivilisation. Ohne den Abwehrkampf an der Adria hätten die Slawen längst das Abendland überrannt. Die Habsburger, deren Untertan er war, stützten diese Horden mit ihrem Geld, ihren Waffen und ihren Gerichten. Italiener wie er, Abkömmlinge eines Weltreichs, hatten im Himmel einen Verbündeten, auf Erden standen sie seit fünfzehnhundert Jahren alleine im Kampf gegen die Vernichtung. Ungeheure Mächte hatten sich verschworen, um die Latinität auszurotten, wie es in Dalmatien geschehen war, und wenn viele in Triest ihn für verrückt hielten, dann nur, weil sie sich von Wien hatten kaufen lassen.

Als Italien im Mai 1915 Österreich den Krieg erklärte, befand sich Angelo auf Urlaub in seiner Heimatstadt, und nach einer schlaflosen Nacht, in der er sich betend an Fortunatus wandte, den Patriarchen von Grado, der sich im achten Jahrhundert ebenfalls gegen ein Imperium, gegen Byzanz, gestellt hatte, zerriss er den Einberufungsbefehl des Kaisers und verließ im Morgengrauen, ohne von seinen Eltern Abschied zu nehmen, die Wohnung an der Via dell'Istria.

Über Udine, Padua, Ferrara und Bologna kam er bis nach Rom. Dort schloss er sich als Freiwilliger den Granatieri di Sardegna an und wurde nach einer dreiwöchigen Ausbildung an die Front bei Monfalcone verlegt. Beim Sturm auf die österreichischen Stellungen erlitt er eine Beinverletzung, und die Monate darauf, bis zu seiner Genesung, saß er als Leutnant der Territorialmiliz in den Bergen bei Garda ab, bevor man Angelo in ein Regiment versetzte, das im Mai 1916 auf der Hochebene bei Asiago fast vollständig aufgerieben wurde. Mit einer Tapferkeitsmedaille in Gold nahm er unter dem Herzog von Aosta an der Schlacht von Caporetto teil und kehrte nach dem Waffenstillstand von Villa Giusti im November 1918 in seine Heimatstadt zurück.

Mutter und Vater waren an der Cholera gestorben. Angelo, alleine in der elterlichen Wohnung, fand sich in der Zeit nach dem Zusammenbruch der Doppelmonarchie im Leben nur schwer zurecht. In seinen

Träumen begegnete er den sterbenden Kameraden, und sonntags, wenn seine Seele an der frischen Seeluft Linderung suchte, sah er ihre Gespenster mit ausgerissenen Augen und zerfetzten Beinstümpfen über die Mole kriechen. Er trank, rauchte und zermarterte sich das Gehirn, etwa, was er über Rossetti denken sollte, ob der geniale Ingenieur eher Bewunderung verdiente, da er mit einem Torpedoboot das Flaggschiff der Österreicher, die Viribus Unitis, im Hafen versenkt hatte, oder ob er ihn als Patriot verachten musste, weil er zu den Republikanern, den Verrätern am Vaterland, übergelaufen war.

Zu seinem Glück hörte Angelo an einem Donnerstag Ende Dezember im Hof der alten Kaserne einen ehemaligen Scharfschützen aus dem Bersaglieri-Regiment über Oberdan und die nationale Frage der Italiener in Venetien dozieren. Ein herrlicher Redner, dessen Worte die Herzen fanden, und als er von der religiösen Erbauung auf dem Schlachtfeld sprach, das neue Geschlecht beschwor, erstanden im heiligen Lärm der Artillerie, eine Elite, bereit, die nationale Wiedergeburt anzuführen, da bebte Angelos verwundete Seele, und wie dieser Mann, Mussolini war sein Name, den Karst erwähnte, den ewigen Hain der italienischen Märtyrer, da wusste der junge Mann, wer für seine und die Sache der Nation einstand.

Er fand eine Stelle als Buchhalter bei der Generali und hatte die Absicht, sich bei der Wahl zur nächsten Bürgerversammlung aufstellen zu lassen, aber auf einer

Abendveranstaltung der Società di Minerva, bei der ein Professor aus Bologna über die archäologischen Ausgrabungen in Venetien berichtete, begegnete er Paola Carnieri, einer blonden Dame mit dünnem Haar, die sich den ganzen Abend auf den Arm ihres Vaters stützte und sich immer wieder nach Angelo umwandte. Sie war eigentlich keine Frau nach Angelos Geschmack, ihr Silberblick und ihre Blässe stießen ihn ein wenig ab, aber da sein Begehren bisher nur in den Schützengräben Erfüllung gefunden hatte, folgte er dem erotischen Spiel und wies Paola nicht zurück. An der Brust trug sie eine schwarze Stoffnelke, in Erinnerung an ihren Verlobten, der im letzten Kriegsjahr am Piave gefallen war, und wenn Angelo von seinen Kriegserfahrungen berichtete, von den nächtlichen Angriffen auf die österreichischen Stellungen, dann begann Paola am ganzen Körper zu zittern, ebenso, wenn er zur Politik wechselte, dem anderen Thema, über das er etwas zu sagen hatte.

Paola war kurzatmig, die gemeinsamen Spaziergänge fielen kurz aus, danach saßen die beiden in einem Caffè in der Altstadt, wo Paola anhänglich wurde, sich zu Angelo auf die Bank setzte, seine Nähe suchte, sich an ihn schmiegte, während sie mit leiser Stimme ihre Gedichte vorlas, somnambule Sonette, die sie im Selbstverlag herausgab. Angelo fand sie so peinlich wie Paolas Schwärmerei für D'Annunzio. Das war gewiss ein großer Mann, ein Nationalist und Kriegsheld, aber wenn sie von Fiume und den Arditi sprach und ihre patriotischen Heiligenlegenden mit Zitaten aus Il piacere garnierte, dann war klar, wie wenig Paola von der wahren, der politischen Bedeutung des Dichters begriff. So gingen die Nachmittage dahin. Sie tranken Kaffee mit Orangenlikör, Angelo rauchte eine Zigarre, und Paola hustete in ihr Taschentuch.

Paolas verwitweter Vater, ein hochgewachsener Mann mit Monokel, war ein ehemaliger Prokurist in der literarisch-artistischen Abteilung des Österreichischen Lloyd. Der alte Herr litt an Arthrose, aber er fand Gefallen an der Bekanntschaft seiner einzigen Tochter und förderte sie nach Kräften. Angelo, der die Politik mehr und mehr vernachlässigte, hatte das Gefühl, in einen Zangenangriff geraten zu sein. Die Carnieris ließen ihn keinen Moment in Ruhe, erstickten ihn mit Einladungen zu literarischen Soireen und Bridge-Turnieren, bis er nachzudenken begann, wie er sich ohne Skandal aus dieser Umklammerung befreien konnte. Bei einem gemeinsamen Theaterbesuch, sie spielten Goldoni, eine billige Komödie, wie Angelo fand, typisch venezianisch, ohne Ernst oder Tiefgang, packte der Vater in der Pause Angelo am Ärmel, redete auf ihn ein, beschwor ihn, sich seiner Tochter, die für einen Augenblick den Waschraum aufgesucht hatte, anzunehmen. Der Krieg habe das kranke Kind, wie er wisse, um das Sakrament der Ehe gebracht, Paola blieben ein paar Wochen, vielleicht Monate, mehr nicht, und Angelo müsse, wenn er ein Mann sei und einen Rest Ehre im Leib spüre, seine Tochter vor ihrem Tod an den Altar führen. Eine Heirat werde er nicht bereuen. Das Vermögen der Familie sei intakt, der Name ehrbar. Der Vater wischte sich das

Auge trocken, setzte das Monokel wieder ein, dann ging die Glocke und der dritte Akt begann, von dem Angelo nichts mitbekam, zu sehr waren seine Gedanken mit dem Gespräch im Foyer beschäftigt. Nach dem letzten Vorhang verabschiedete er sich mit wenigen Worten, und als er Paolas Hand küsste, warf sie ihm aus ihren blauen Augen einen Blick zu, als hätte er ihr das Herz aus dem Leib gerissen.

Angelo kam nicht zur Ruhe. Der Hinweis auf die todbringende Krankheit, von der er nichts geahnt hatte, die flehentlichen Worte des Vaters, der Appell an das Ehrgefühl, nagten an seinem Gewissen, und vier Wochen später besiegelten Angelo Mazzerini und Paola Carnieri in der Kirche von San Bartolomeo den heiligen Bund der Ehe.

Paola zog in die Wohnung an der Via dell'Istria, und für Angelo begann ein peinvolles Warten. Mit dem Tod war er vertraut, im Krieg war er ihm täglich und tausendfach begegnet, aber es waren Männer und Packpferde gewesen, deren Sterben er beigewohnt hatte, niemals dem einer Frau. Mit ängstlicher Neugier verfolgte er Paolas letzten Kampf, fragte sich, wenn er sie in ihrem Zimmer am Schreibtisch sitzen sah, wann sie aufgeben und wie groß das versprochene Erbe sein würde. Er hatte sich nichts vorzuwerfen, er wünschte ihr den Tod nicht, aber er war nun einmal unumgänglich, das hatte ihr Vater gesagt. Doch das beklommene Warten wich über die Monate einem ungesunden, bitteren Überdruss, einer Langweile, die ihn lähmte und mit dem Gefühl erfüllte, dass die Krankheit seiner Frau auch ihm die Lebenskraft raubte, und er fragte sich, ob die Sterbende ahnte, wie ungeduldig er seiner Befreiung harrte.

Ablenkung fand er nun wieder in der Politik. Im Mai 1919 war er im Haus von Bartolomeo Vigini mit zweihundert Schwarzhemden bei der Gründung der faschistischen Partei in Triest zugegen. Paola erzählte er nichts davon, aber er nahm regelmäßig an den Versammlungen im Haus der Arbeitergesellschaft teil, dabei fühlte er sich dort fremd und ergriff niemals das Wort. Er war und blieb Nationalist, die Faschisten, denen er sich ideologisch und gesellschaftlich überlegen fühlte, waren nur Mittel zum Zweck. Die Führung bestand aus Wichtigtuern, Jacchia war ein Idiot, Comici ein Drückeberger und Suvich mutmaßlich Slowene. Dennoch hielt er ihnen die Stange, und dank seiner neuen Beziehungen ergatterte er eine subalterne Stelle im städtischen Finanzamt, mit einem lächerlich hohen Gehalt.

Paola war stolz auf den Erfolg ihres Gatten und wünschte sich, da sie noch in den Möbeln seiner Eltern lebten, eine neue Ausstattung, was Angelo überflüssig fand und ihr doch als letzten Wunsch nicht verwehren mochte.

Zu seiner Verblüffung kehrte Paola indes nach einem Kuraufenthalt im Veltlin sichtlich genährt und mit roten Wangen nach Triest zurück. Angelo fühlte sich betrogen, eine Tote auf Urlaub, die ihre Abreise verschob und entgegen allen medizinischen Diagnosen nicht sterben wollte. Sogar der Schwiegervater hatte vor ihr das Zeitliche gesegnet, mit dem beschämten Lächeln eines Mannes, der sein Versprechen nicht halten konnte. Mit den Kuren im Sanatorium von Sondalo zehrte die Tochter das väterliche Erbe auf, aber im August 1923, als Banelli Angelo in die Kommission berief, die sich um die Exhumierung des von den Österreichern hingerichteten Patrioten Oberdan kümmerte, eröffnete ihm Paola, dass sie in Erwartung sei.

Angelo hielt dies für einen Scherz, eine Todgeweihte, in der neues Leben entstand, das war absurd, und er vergaß die Nachricht auf der Stelle, überarbeitete weiter den Kommissionsbericht und erörterte die Frage, was die österreichischen Halunken mit dem Kopf des Märtyrers gemacht, ob sie ihn nach Wien geschafft hatten oder das heilige Haupt noch in der Stadt war. Im Frühjahr brachte Paola im Ospedale Maggiore einen gesunden Jungen zur Welt, den sie auf den Namen Mario Giuseppe tauften.

Von da an war alles anders. Angelo liebte dieses Kind, seinen Stammhalter, auf eine Weise, die er nicht gekannt hatte. Die Politik schien ihm nebensächlich, das Intrigantentum in der Partei lächerlich, das Wunder des Lebens überwältigte ihn, und oft stand er mit feuchten Augen an der Wiege des Sohnes, lauschte seinem Brabbeln und versank in seinem engelsgleichen Lächeln, in den blauen Augen seiner Mutter. Diese Rührung weitete sich und schloss bald auch Paola ein. Angelo erkannte in ihr nun die Frau, die das Geschlecht der Mazzerini am Leben erhielt, und er verfluchte sich für die

Missachtung, für die verlorenen Jahre, in denen er in Paola nur eine Kranke gesehen hatte. Bekehrt durch die Liebe, fühlte Angelo Reue, er sprach sanft, kümmerte sich zärtlich um Mutter und Kind, und er fand in Paolas Haltung und in ihren Gedichten Grazie, in ihrem Dasein ein Heldentum, eine weibliche Tapferkeit, die jener der Männer in den Schützengräben in nichts nachstand. Er hoffte auf Nachkommen, zahlreicher als die Sterne über dem Adriatischen Meer, auf eine Dynastie, aber im Herbst nach Marios zweitem Geburtstag, als das Kind immer noch ohne Bruder oder Schwester war, verschlechterte sich Paolas Zustand. Sie hustete dickes Blut und war bald so schwach, dass sie sich nicht mehr um den Jungen kümmern konnte. Angelo stellte eine Kinderfrau ein, eine Deutsche aus Württemberg mit einem lahmen Bein. Voller Sorge und Ungewissheit begleitete er seine kranke Frau zur Kur nach Sondalo, und von dort, er war nach Triest zurückgekehrt, um sich der Intrigen und Machtkämpfe in der Partei zu erwehren, erreichte ihn an einem frühen Oktobermorgen das Kondolenz-Telegramm.

Angelo begrub Paola neben ihrem Vater auf dem zentralen Friedhof, verkaufte, weil er nicht wollte, dass sie in der Stadt kursierten, ihre Bücher einem Antiquar in Mailand, aber das Zimmer mit dem Schreibtisch ließ er unberührt. Der Junge schrie nach seiner Mutter und war zwei Monate nicht zu beruhigen, aber die Württembergerin meinte, das werde sich legen, wie jedes Kind in dem Alter werde auch Mario seine tote Mutter bald vergessen haben.

Mit Marios Schuleintritt entließ Angelo die Kinderfrau und kümmerte sich persönlich um seine Erziehung. Er las ihm Gibbons Werk über den Niedergang des Römischen Reiches vor, führte ihn zu Winckelmanns Kenotaph, zeigte ihm das Lapidarium, wo der Junge die Masken und die Amphoren in sein Skizzenheft zeichnen musste, und er verschaffte dem Kind einen Platz im Regio Istituto Tecnico in der Via Veronese. Mario dankte es dem Vater mit blendenden Zeugnissen, er durchlief die unteren Klassen als Jahrgangsbester. Ein kluger, etwas scheuer, aber allseits beliebter Schüler, der die schwarze Uniform der Opera Balilla tadellos in Ordnung hielt, auch wenn sein Vater erkannte, wie wenig geeignet der Junge für alles Militärische war. Aber es störte ihn nicht. Mit jedem Jahr glich Mario mehr seiner Mutter, er war verträumt, ein Einzelgänger, der seine Freizeit hinter den Büchern und mit Schachrätseln verbrachte, intelligent und still, die Sorge und der Stolz seines Vaters, der sommers mit ihm durch den Karst zog und ihn zu den Feldern der Ehre am Isonzo und in den Dolomiten führte. Dem Jungen, so glaubte der Vater, fehlte es an nichts.

In der Stadt kehrte keine Ruhe ein. Die Werftarbeiter streikten, Polizisten wurden erschossen, die Stadt drohte im Chaos zu versinken. Die Führung der Partei übernahmen auswärtige Funktionäre, sie begannen, den Saustall aufzuräumen, und Angelo sah mit Wohlgefallen, wie es den Slowenen an den Kragen ging. Der Sturm auf das Narodni Dom war erst der Anfang gewesen, jetzt wurden ihre Zeitungen und Banken verboten, man zwang sie, ihre Namen zu ändern. Im Finanzamt warf man einen Abteilungsleiter, einen gewissen Slataper, auf die Straße, wortwörtlich, und Angelo nahm seinen Posten ein. Zweimal hatte er Gelegenheit, sich neu zu vermählen, zweimal ließ er sie verstreichen. Er kam ohne Frau zurecht, und er wollte die Entwicklung seines Sohnes, der sich prächtig machte und den Angelo Schritt für Schritt auf größere Aufgaben vorbereitete, durch keine Stiefmutter gefährden.

Es war in jener Zeit, im Monat nach Paolas Todestag, als sich im Caffè degli Specchi ein Mann ungefragt an Angelos Tisch setzte. Es war nach Feierabend, Angelo wollte in Ruhe die Zeitung lesen und erkannte den Mann erst auf den zweiten Blick. Ein Vetter Paolas, den er zuletzt am Grab seiner Frau gesehen hatte, ein Trinker mit einem roten, spitzen Bart, gelben Augen und einem Glas Fernet in der Hand. Der Mann tat freundlich, entschuldigte sich für die Störung, erkundigte sich nach der Familie, dem Jungen, der mittlerweile den Lehrgang für künftige Vermessungsingenieure belegte. Der Vetter leckte sich den Fernet von den Lippen, sprach vom Ruf, den Angelo in der Stadt genieße, ein Vertrauter von Giunta, der Stolz der Familie. Dann sprach er unvermittelt von einer mütterlichen Linie der Familie Carnieri, die aus Istrien stamme, aus Capodistria, slawisches Blut ohne Zweifel, das sich bei Paola und auch bei Mario, wenn er sich recht erinnere, in den hellen Augen erhalten habe. Er werde das für sich behalten, niemand wolle, dass Angelo ins Gerede komme, er solle bloß vorsichtig sein.

Angelo wollte den Idioten auf der Stelle mit dem Cocktail-Spieß erstechen, aber er beließ es bei einer Reprise, die so dreckig war, dass der Vetter vom Tisch aufstand und das Weite suchte.

In den Wochen darauf stellte Angelo heimlich Nachforschungen an. Er wagte zwei riskante Anrufe, besuchte unter einem Vorwand das Stadtarchiv, aber seine Recherchen führten zu nichts und beantworteten keine Frage. Nur der Zweifel wurde genährt. Angelo fühlte sich vergiftet von diesem Vetter und seinen Worten. Falls etwas dran war an den Andeutungen, falls in der Geschichte alle Antworten lagen, dann fragte er sich, warum das Schicksal aus ihm einen Nationalisten geformt und ihn im Feuerofen des Krieges gebrannt hatte, warum er, Angelo, nicht mit seinen Kameraden auf dem Schlachtfeld geblieben war, warum er im Gegensatz zu Millionen seiner Generation das Morden überlebt hatte. Damit er sein Leben für die Erziehung eines Slawen verschwendete? Seine Existenz erschien ihm als Scherz eines liederlichen Gottes, ein Beweis für die Verdorbenheit der menschlichen Zivilisation. Nichts war heilig, kein Gefühl, kein Gedanke, kein Ideal und keine Idee, und wenn er jetzt den Jungen ansah, Marios helle Augen, dann überkam ihn namenlose Wut.

Mario verstand nicht, weshalb ihn sein Vater plötzlich mit Missachtung strafte, warum er kein Wort mehr an ihn richtete, aufgehört hatte, aus den Büchern vorzulesen, und den Jungen sonntags vor die Tür schickte. Was hatte er getan, welchen Fehler begangen, worin bestand sein Verbrechen? Er verzweifelte am Liebesentzug seines Vaters und strengte sich noch mehr an, aber keine gute Zensur und keine Auszeichnung brachten ihm dessen Anerkennung zurück.

Im Finanzamt hatte sich derweil der Wind gedreht. Die Nationalisten der ersten Stunde wie Angelo galten nun als verdächtig, als unsichere Elemente, die mit den lokalen Eliten, mit Juden und Freimaurern im Bunde standen. Angelo zog den Kopf ein, hoffte, der Sturm würde an ihm vorbeiziehen, er versah seinen Dienst so penibel und so unauffällig wie möglich, doch es war erst der Krieg, der ihm die Rettung brachte.

Bei einer Versammlung der Avanguardisti auf dem Platz vor der Börse sprach ihn der Präfekt an. Sein Sohn, sagte er zu Angelo, sei doch bald achtzehn und damit wehrfähig, aber da er das einzige Kind der Mazzerini und Angelo ein Kriegsheld sei, werde der Vater Mario mit einer Zahlung an die Partei und einer zusätzlichen Gebühr an den Präfekten von der Armee freikaufen können.

Mit diesem Angebot im Kopf setzte er sich an jenem Abend mit Mario zu Tisch. Er sah in die hellen Augen, in das einfältige Gesicht dieses Jungen, der nach einer zärtlichen Geste gierte und wissen wollte, wie er sich beim Aufmarsch am Nachmittag gehalten hatte, für ein liebes Wort des Vaters sein Leben gegeben hätte. Aber Angelos Herz blieb verschlossen. Wenn die Slawen ihm einen Balg untergeschoben hatten, der zu nichts gut war, außer Unglück zu bringen, dann würde er ihm Gelegenheit verschaffen, sich für die Nation zu bewähren. Er wusste, was dies bedeutete. Angelo hatte im Großen Krieg die vergeistigten Knaben gesehen, ohne Kraft und Härte, die durch keine Uniform, kein Gewehr, keine Gefechtsübung zu Soldaten wurden. Sie gingen schon in der Etappe ein, am Dünnschiss, am Heimweh oder einigermaßen ehrenvoll mit einem selbst gesetzten Pistolenschuss. Und Angelo beschloss, das Urteil über die Familie Mazzerini der Vorsehung zu überlassen.

Am nächsten Tag ging er in den Palast an der Piazza dell'Unita und teilte dem verdutzten Präfekten mit, wie schändlich sein Angebot sei. Niemals werde er seine Position ausnützen, niemals werde der Sohn sich vor dem Dienst am Vaterland drücken, Angelo redete sich in Rage, er fühlte, wie er sich ins Unglück redete, aber er konnte nicht zurück, er fand keinen Ausweg aus der Wirrnis, in die das Leben ihn geführt hatte. Der Präfekt, amüsiert über den Ausbruch, fragte sich, ob dieser seltsame Mazzerini der einzige aufrechte Patriot war oder einfach ein ausgekochter Idiot.

Und so rückte Mario in die Achte Armee ein, ohne zu erfahren, dass der Vater ihn vor dem Schlachten hätte bewahren können. An einem Freitagmorgen im Mai verabschiedeten sie sich, und am Bahnhof wollte er den Papa an sich drücken, aber Angelo ließ ihn nicht, für ihn war der Junge schon tot. Mario spürte, wie kalt die Hand seines Vaters war, wie abweisend der Blick, und nachdem der Mann mit der roten Mütze das Signal gegeben, nachdem der Zug sich in Bewegung gesetzt hatte und verschwunden war, irrte Angelo durch die Stadt, verlor sich, weil er nicht in den Straßen Triests, sondern bei seinem Sohn im Zug war, der Mario nach Leifers brachte, wo er im 232. Infanterieregiment das Handwerk des Tötens lernte, bevor man ihn an einem späten Maitag an den Bahnhof Branzoll in Bozen brachte. Dreißig Tage sollte die Reise in den Krieg dauern. In Warschau sah das Kind, das er war, zum ersten Mal zerschossene Brücken, Dörfer in Trümmern, Menschen auf der Flucht. In Brest-Litowsk alte Männer, Kinder, Juden waren es, von der SS zusammengetrieben, weiter mit dem Zug nach Minsk, den Dnjepr entlang, fünfhundert Kilometer in den Süden, nach Kiew. In Dnipropetrowsk war schon Herbst, deutsche, ungarische, rumänische Soldaten, der Matsch, der Schneeregen, der Winter, die Fliegerangriffe, das Mörserfeuer, das Morden, die Gedanken ohne Unterlass beim Vater, der zu Hause in Triest mit jedem Tag den Verrat an seinem Sohn schmerzlicher bereute.

Angelo vermisste den Sohn, den er hätte retten können, und er verstand von Tag zu Tag weniger, was ihn zu diesem Verrat getrieben hatte. In Rom hatten sie den Duce abgesetzt, verhaftet und wieder befreit, die Deutschen in der Stadt, die Kärntner übernahmen das Mord-Kommando, Rainer und sein Henker Globocnik, Vorsitzender des Sondergerichtshofes und ein geborener Slawe, ein Nationalsozialist, ein Deutscher, ein Österreicher, was nicht die geringste Rolle spielte, denn die Menschen, so erkannte Angelo, einerlei welcher Sprache oder Herkunft, teilten sich in nur zwei Kategorien auf, in die Gerechten und in die Verbrecher, und Globocnik, aus welchem Loch er auch gekrochen war und welche Uniform er auch tragen mochte, war ein Massenmörder, er ließ die Juden zusammentreiben und sperrte sie in die Risiera di San Sabba, und jeder in der Stadt kannte die Richtung und das Ziel der Waggons der Reichsbahn. Wer sich mit ihnen eingelassen hatte, war ebenfalls ein Verbrecher, und er, Angelo, zählte sich dazu.

Er verfluchte die Bücher, nichts als Lügen, er verfluchte die Geschichte, ein einziges Verbrennen, er verfluchte Gott, der die Menschen zum Narren hielt. Es war eine kurze Erlösung, als Mario eines Tages vor der Tür stand, lebend zwar, aber unheilbar zerrüttet vom Krieg. Die Scham zerstörte den Vater, es war ihm unmöglich, seinem Sohn in die Augen zu sehen, Augen, deren Farbe er einst geliebt, dann gehasst hatte, und die jetzt nicht mehr blau, sondern schwarz waren, von der Kälte, von den Explosionen, vom Anblick der Hölle, durch die er im Donezker Becken gerannt, gegangen, gekrochen war.

Mario ahnte nicht, was der Vater sich vorwarf, er kannte dessen Schande nicht, er wusste nicht, dass er auf Vergebung wartete, und der Vater war zu feige, seinem Sohn die Schuld zu gestehen. Sie verrammelten die Fenster, verkrochen sich in der Wohnung, bis die Alliierten die Stadt einnahmen und der Krieg zu Ende war. Vater und Sohn fanden sich auf eine stumme, wortlose Weise, in den Mahlzeiten, die sie in der Küche zu sich nahmen, in den Laken, die sie gemeinsam wuschen.

Als die Friedensglocken zum Aufbruch mahnten, wollte Angelo nicht, dass sein Sohn in der Stadt blieb, zu viel war geschehen, zu viele Morde, zu viel Verrat, man würde in Mario immer den Sohn eines Verbrechers sehen. Alles war vergiftet, verdorben, am besten wäre es, den Namen zu ändern, den Vater zu verleugnen.

Sein Junge sträubte sich, er verstand nicht, was da gerade geschah, und ahnte nicht, dass der Vater ihn zum zweiten Mal verstieß. Drei vergebliche Versuche unternahm er, ihn umzustimmen, an einem Abend in der Wohnung an der Via dell'Istria, an einem Sonntag bei einem Spaziergang über die Mole, in einer Bar, spätabends, unter betrunkenen Soldaten. Mario bat, er weinte, er drohte, er flehte. Es half nichts. Drei Monate noch, dann setzte ihn sein Vater vor die Tür.

Mit einer Vertreibung begann für Mario der Krieg, mit einer Vertreibung begann für ihn die Zeit des Friedens.

Ausgestattet mit zwei neuen Anzügen bestieg Mario an einem Sonntagmorgen im Juni den Zug nach Bologna. An der Piazza Santo Stefano fand er ein möbliertes Zimmer in der Pension einer frommen Witwe und schrieb sich am Polytechnikum ein, Ingenieurwissenschaften.

In einer Trattoria lernte er Fiorella kennen, eine junge Frau aus dem Cilento, Studentin der Medizin, Fiorella mit dem unbeschwerten Lachen und dem leichten Gang. Sonntags unternahmen sie lange Promenaden, besuchten die Museen, verkrochen sich ins Kino, und wenn die Witwe außer Haus war, liebten sie sich auf Marios schmalem Bett. Die restliche Zeit waren sie fleißig und saßen vor ihren Büchern.

Fiorella fiel das Studium leicht, sie bestand das Propädeutikum beim ersten Versuch, und auch Mario kam ohne Schwierigkeiten voran, absolvierte die Zwischenprüfungen, machte nach sieben Semestern sein Diplom in Erdvermessung, und während Fiorella eine Stelle als Assistenzärztin antrat, kümmerte sich Mario um ein Stipendium und einen Doktorvater. Alles war auf gutem Wege.

Bis er durch die seismischen Daten, die er für seine Dissertation auswertete, mit den Behörden im Friaul, seiner alten Heimat, in Berührung kam. Sein Vater warnte ihn. Mario fand das lächerlich. Es ging um Erdbeben, Erdbeben hatten nichts mit Politik zu tun. Mario widersetzte sich dem väterlichen Rat und setzte seine Forschungen fort, bis ein Mann, den Mario kaum kannte, ein Assistent am Institut für Bergbauwissenschaften, an der Universität Gerüchte über das Jahr 1943 streute, über das Frühjahr, um genau zu sein, über Vorfälle in Triest. Die Affäre schlug Wellen, und noch vor dem Sommer legte die Fakultätsleitung Mario nahe, sich mit dem Diplom zu begnügen und das Doktorat aufzugeben.

Mario war voller Zorn. Er hasste die Universität, den Vater, an den er sich gekettet sah und den er umso heftiger gegen den Rufmord, wie er es nannte, verteidigen wollte. Er würde seine Doktorarbeit fortsetzen. Wenn sie ihn loswerden wollten, würden sie ihn rauswerfen müssen.

Fiorella unterstützte ihn, stand ihm bei, mäßigte seinen Zorn und tröstete Mario in seiner Verzweiflung. Er solle die Sache nicht zu schwernehmen. Warum sich aufreiben in einem sinnlosen Kampf? Und was wisse man schon über seinen Vater und was der in Triest getrieben habe. Wie sie das meine, wollte Mario wissen, aber Fiorella ging nicht darauf ein und ermunterte ihn, eine Stelle zu suchen, in der Industrie zum Beispiel, der chemischen zum Beispiel. Ingenieure seien gesucht, er werde schnell Karriere machen können und ein gutes

Gehalt verdienen. Ein Doktortitel, das sei hübsch, aber nicht entscheidend. Und so gab Mario auf, exmatrikulierte sich, verzichtete auf das Stipendium und räumte das Büro. Er war enttäuscht, er war erleichtert, er war Fiorella dankbar, dass sie ihn den Intrigen entrissen hatte, den Kämpfen, für die er, das sah er nun ein, kein Talent hatte.

An einem Nachmittag in der Pinakothek Anfang Oktober, vor Tintorettos Mariä Heimsuchung, teilte ihm Fiorella mit, sie habe jemanden kennengelernt, im Krankenhaus, ein Kollege, angehender Arzt. Mario werde das sicher verstehen, in der letzten Zeit hätten sie sich auseinanderentwickelt, so drückte sie sich aus. Aber Mario verstand gar nichts. Er wollte den Namen des anderen wissen, aber sie schüttelte den Kopf, er wollte wissen, ob sie mit ihm geschlafen habe, und da schüttelte Fiorella den Kopf nicht.

Unter Marios Füßen öffnete sich der Boden, sein Magen, sein Herz, alles fiel auf den Erdmittelpunkt zu, Zacharias und Johannes blickten mitleidig, die Muttergottes sang das Magnificat, aber es gab keine Rettung, nur das Gefühl absoluter Verlorenheit, von dem er einst gehört hatte, es sei gleichbedeutend mit dem Zustand der verdammten Seelen in der Hölle. Fiorella, die er danach für zwei schreckliche Stunden in ein Caffè zwang, hatte ihn verlassen, endgültig, er wusste es und konnte es nicht glauben. Er machte ihr bittere Vorwürfe, schimpfte sie eine Verräterin, aber sie beteuerte, wie wenig sein akademisches Scheitern mit ihrer Entscheidung zu tun habe. Damit verschwand sie.

Der Vater starb ein paar Monate später, ziemlich gesund und tags zuvor am Telefon wortkarg wie immer, am Abend die letzte Möglichkeit verpassend, den Sohn ins Vertrauen zu ziehen, frühmorgens, plötzlich, Herztod.

In den folgenden Monaten arbeitete Mario als Produktionsleiter in einer Lampenfabrik im Veneto, abends verzog er sich in seine Bude mit Kochplatte und Duschkabine außerhalb Vicenzas. In jener Zeit entwickelte er einen ungeheuren Appetit, er ging vier Mal die Woche in der Trattoria durch alle fünf Gänge, tunkte in einen Teller Suppe ein Pfund Weißbrot, es war, als müsste er die Welt fressen, verschlingen, und wog bald mehr als hundertzwanzig Kilo.

Die meiste Zeit kämpfte er alleine mit seinen Geistern. Sonntags sah man ihn auf der Rennbahn oder im Wettbüro. Er verspielte einen guten Teil des Geldes, das er aus dem Verkauf der Wohnung an der Via dell'Istria erhalten hatte, danach fiel er in eine Depression. Kündigung, Klinik Al pozzo eterno, der völligen Verzweiflung nahe, der Selbstauslöschung, dem Tode, als ihn am zweiten Samstag seines Aufenthalts im Sanatorium eine gewisse Margherita Pelli aus Padua ansprach, die Tochter einer Patientin, die im Alter von vierundfünfzig Jahren im Waschbecken das Blut des Heilands vorgefunden hatte, die erste einer Reihe von Visionen, die sie von da an heimsuchten. An Weltlichem hatte diese Frau jedes Interesse verloren, sie hatte den Betrieb und die Wohnung einem befreundeten Handaufleger überschrieben, der ihr die Zeichen deutete und seine Salbe aus Jerusalem zum Preis von reinem Gold verkaufte, bevor Margherita, ihr einziges Kind, sie entmündigen und ins Sanatorium stecken konnte.

Und an einem Tag, wann genau, weiß niemand, bei der Cassata nach dem Mittagessen, im Neonlicht des fensterlosen Speisesaals, an den wackeligen Tischen mit dem Wachstischtuch, verlor sich Margherita Pelli in Mario Mazzerini, in seiner dunklen Stimme, in den schwarzen Augen. Von da an, es war ganz unerklärlich, gehörte sie zu Mario, dem langsamen, zärtlichen und klugen Bären, der für Margheritas Nase so unwiderstehlich roch, und liebte ihn bedingungslos. Von seinen Gespenstern, von dem, was er erlebt hatte, erzählte er nie.

Margherita trug ihre Locken kurz, sie war mit starken Händen und einer unerschöpflichen Schaffenskraft gesegnet. Sie verlor niemals den Mut, wusste stets, was zu tun war, wie die nächsten Schritte auszusehen hatten. Beim ersten Tageslicht stand sie auf, kümmerte sich um den Papierkram, hielt die Wohnung in Schuss, ging morgens auf den Markt, kaufte für Mario nur das frischeste Gemüse, die saftigsten Stücke vom Fleisch. Danach erledigte sie in der Kanzlei eines Notars ihre Arbeit. So gut es ging, kümmerte sie sich um die verrückte Mutter, daneben räumte sie mittwochs in der Küche der Diözese die Tische ab. Keine Arbeit war ihr zu gering, was sie anpackte, erledigte sie gründlich und ohne Verzug. Die tüchtigste Frau des Universums, wie Mario meinte, und mit ihrer Kraft und Umsicht brachte sie den Mann im Nu auf die Beine.

Er zog zu ihr nach Padua, nahm zehn Kilo ab, trug jetzt täglich ein frisches Hemd, fand Arbeit in einer Firma für Straßenbau. Bald danach heirateten sie, ohne großen Zirkus, ohne Verwandte, die Mutter war entzückt, und sie gaben sich das Jawort aus der tiefen Überzeugung, fürs Leben verbunden zu sein. Zwei Flitterwochen voller Sonne und Leichtsinn verbrachten sie in einem Hotel in Menton, sie fanden eine größere Wohnung, dann stritt sich Mario heftig mit dem Pförtner, der ihn an einem Freitagabend blöd angeschaut hatte, wahrscheinlich, weil er fünf Minuten vor Werksschluss in den Feierabend gegangen war, was diesen Lackaffen nicht das Geringste anging. Mario verlangte eine Aussprache beim Personalchef, aber der Pförtner stritt alles ab, behauptete, er habe keine Ahnung, wovon Mario rede. Der Personalchef nahm Mario zur Seite, schüttelte den Kopf, damit war die Sache erledigt, aber kurz darauf bekam er Krach mit dem Werkmeister, einem Gewerkschafter, der keine Ordnung hielt und das Motorenöl illegal entsorgte, was Mario bloß nicht beweisen konnte, weil der Personalchef diesen Lumpen deckte. Diese Leute waren ein Haufen gottloser, krimineller Idioten.

Es dauerte nicht mehr allzu lange, bis Mario den Betrieb verließ. Drei Monate fand er nichts Neues und ging Margherita zu Hause auf die Nerven. Auch ihr gegenüber war er argwöhnisch und streitsüchtig geworden. Schließlich antwortete er auf die Stellenanzeige einer Gärtnerei, topfte neun Wochen Koniferen um, danach war er so zermürbt, dass nur die Klinik blieb.

So ging es hin und her, von schlecht zu schlechter, bis zu dem Tag, an dem Margherita dreißig wurde. Sie war keine junge Frau mehr, und etwas musste geschehen. Ein paar Wochen zögerte sie, weil sie ihre Mutter nicht allein lassen wollte, aber dann schlug sie Mario an einem Sonntag beim Mittagessen vor, fortzugehen, ins Ausland, weg von den alten Geschichten, ein neues Kapitel aufschlagen, auf einer neuen Seite, einem leeren Blatt, mit frischem Mut.

An jenem Nachmittag gerieten sie in einen üblen Streit. Mario fand den Vorschlag lächerlich. Er war sein Leben lang weggerannt. Damit musste er aufhören. Mit jeder Station war es schlimmer geworden. Er wurde laut, rief, sie sollten sich lieber in seiner Heimat eine Zukunft aufbauen, den Herrschaften in diesem schönen Italien zeigen, dass sie sich nicht vertreiben ließen, kämpfen würden und einen Platz in der Gesellschaft verlangten. Er war bereit, jedenfalls redete er sich das ein. Aber er war nicht stark genug, nicht für diesen Kampf, nicht einmal stark genug für Margherita.

Eine Weile schmollte Mario noch, verlangte dann, es solle wenigstens New York oder Buenos Aires sein, aber Margherita hatte bereits einem Vetter geschrieben, der in Zürich in einem internationalen Industriekonglomerat arbeitete. Er war mit einer Schweizerin aus ziemlich gutem Hause verheiratet, und seine Antwort kam postwendend. Ja, er habe Kontakte, Beziehungen, Arbeit gebe es genug, besonders für Ingenieure, er werde helfen.

Für die Mutter fand sich ein Platz in einem Heim der

Ursulinerinnen, der Vetter in der Schweiz schickte die Formulare, sie besorgten sich alle Papiere, verkauften die Möbel und das Geschirr, und an einem trüben, nebligen und nassen Herbsttag kamen sie in Zürich an.

Sie bezogen eine Wohnung nahe dem Bahnhof Enge. Das Mietshaus gehörte einem Landsmann aus Rimini, vier Zimmer, dritter Stock mit Balkon, ein Glücksfall. Seltsam nur: Kaum waren sie in Zürich, schnitt der Vetter die beiden. Ließ sich am Telefon verleugnen, rief nicht zurück, ließ sie im Regen stehen, und sie fragten sich, welchen Fehler sie begangen hatten. Die alten Geschichten schienen sie einzuholen, und so war schon der Anfang vergiftet. Das Land kalt und grau, das Volk geschäftig und spröde.

Mario nahm eine Stelle in einer Verpackungsfabrik an, schlecht bezahlt, er war unterfordert, kämpfte mit Fettleibigkeit und mit seiner Nikotinsucht, und das änderte sich erst, als Margherita ein Kind erwartete.

Es war keine leichte Schwangerschaft, im sechsten Monat drohte sie das Kind zu verlieren, der Arzt verordnete strenge Bettruhe, aber nach neun Monaten Unterleibsschmerzen und ständiger Angst, nach Wochen ohne Schlaf, brachte Margherita im Stadtspital ein gesundes Mädchen auf die Welt, dreieinhalb Kilo schwer, mit einem allerliebsten Köpfchen, darauf ein dunkler krauser Schopf. Die Kleine, so wurde den Eltern versichert, war kerngesund, die Mutter bald wiederhergestellt. Der Vater liebte das Kind vom ersten Tag an abgöttisch. Adelina, so nannten sie das Mädchen, besaß ein Lächeln, das den Vater heilte, ihn für einen

Moment die Verdorbenheit der Welt vergessen ließ und in ein Land ohne Schmerzen entführte. Er fiel in dieses Kind, in seinen Blick, große, schwarze Augen, ein Gesicht ohne Makel, als hätten das Wohlgefallen und die Glückseligkeit eine Heimstatt gefunden.

Die nächsten sechs Jahre wurden die glücklichsten ihres Lebens. Während Margherita das Geld verdiente, in einer Agentur für Stellensuchende, wo sie das Sekretariat leitete, ließ Mario das Erwerbsleben bleiben. Er kümmerte sich um die Kleine, um den Haushalt und um seine historischen Forschungen. Er nannte sich jetzt Publizist, deckte sich dreimal in der Woche in der Zentralbibliothek mit frischer Literatur ein und veröffentlichte in der Emigrazione Italiana einen Artikel über das Risorgimento und das Königreich Savoyen. Belesene, wenn auch etwas verworrene Herleitungen waren das, die indes interessierte Leser fanden. Der Redakteur bestellte den nächsten Artikel, dieses Mal über die Entwicklung der faschistischen Planstadt Tirrenia, ein gefährliches, ein heikles Thema, das er mit Eleganz und Geschick bearbeitete. Danach verfasste er einen Bericht über Guglielmo Oberdan, über die Frage, wo das Haupt des Märtyrers der italienischen Nation verblieben war, ein Meisterstück, elegant, nahe an den Quellen, in Verehrung und Liebe dem Vater gewidmet. Er galt nun als eminenter Gelehrter, eine Stimme der Emigration, ein Vorkämpfer für die Ehre und die Rechtschaffenheit der Republik. Der Erfolg ermunterte ihn, sich an ein Buch über Oberdan zu setzen. Es beschäftigte ihn drei Jahre, und schließlich fand er einen Verleger, in Mailand, was das Glück perfekt machte. Er war zurück in der Heimat und beglich auch dort die Rechnungen, die alten, die offenen.

Und bevor eine Sache zu bitter, ein Ehrgeiz zu groß werden konnte, zerstreute Adelina jeden Missmut mit Lachen und jede Ödnis mit ihrer Neugier auf die Welt, das Kind zog alle Herzen in seinen Frieden. Allein die Mutter schaute mit Argwohn auf das enge Verhältnis der beiden, fühlte sich zurückgesetzt, gekränkt, weil der Tochter gelang, was sie nie vermochte hatte, Mario glücklich zu machen. Und es war ja auch ungerecht. Während die beiden die Tage verplauschten, rackerte sie sich ab, war der Packesel der Familie, wie sie Mario eines Abends ins Gesicht schrie, verzweifelt und voller Verbitterung. Er hatte wieder Bücher gekauft, obwohl sie schon seit dem Fünfzehnten in den Miesen waren und die Rechnung der Versicherung nicht bezahlt war. Mario schimpfte seine Frau eine Buchhalterin, eine Erbsenzählerin, die nie an ihn geglaubt und weder Sinn noch Respekt für seine geistige Arbeit habe, in ihm nur den Kranken, den Verrückten sehe, und natürlich missfalle ihr sein Glück, sein Erfolg. Als sie dieses Wort aus seinem Mund hörte, lachte sie ihn aus, nannte ihn einen Träumer, und nur weil in der Emigrazione ein Redakteur, dieser Speichellecker, Mario in einem Artikel Honig ums Maul gestrichen habe, damit er auch weiter mit seinen Hirngespinsten die Kulturseiten füllen könne, umsonst natürlich, denn ein Honorar sei ihres Wissens ja nie geflossen, halte er, Mario, sich für einen halben Professor, dabei sei er nicht einmal Doktor, weil er auch die Dissertation ins Scheißloch versenkt habe, wie er garantiert jede Gelegenheit, die sich ihm biete, gnadenlos versenke, er sei so weit vom Erfolg entfernt wie ein Eisbär vom Südpol. Adelina hörte die beiden streiten, sie verstand die Sache nicht, aber sie spürte, dass der liebe Vater den Kürzeren zog, und sie hasste die Mutter dafür, auch als diese weinend auf dem Sofa zusammenbrach. In dieses Drecksland musste ich kommen, wimmerte sie, weil du es dir mit allen Leuten verdirbst, welches Leben hätte ich haben können, ich bin so dumm, so dumm, so dumm.

Sie versöhnten sich wieder, schon am Tag darauf. Sie kochten gemeinsam, Margherita hatte ein schönes Stück Fleisch und eine Flasche Wein aufgetrieben, es gab Brasato, und um zehn drehten sie das Radio an, Big-Band-Musik, sie tanzten und tranken den Cognac aus, ein Weihnachtsgeschenk an Margherita, aus der Arbeitsagentur.

Danach strengte sich Mario an, er lüftete die Wohnung, rieb nach dem Zähneputzen das Waschbecken sauber, hielt seinen Schreibtisch in Ordnung und bewarb sich in einem Anfall von Euphorie und Zuversicht auf eine Stelle als Redakteur beim Pfarrblatt der Missione Cattolica, legte dem Lebenslauf seinen Artikel über Oberdan bei, obwohl das nicht nötig war, er war berühmt, jeder kannte und verehrte ihn, und natürlich werde er, ganz im Sinne Don Boscos, das Blatt zu einem Instrument der Erziehung machen, nicht nur der Jugend, gerade die erwachsene Emigration sei auf eine Weise ungebildet, die in manchen Fällen an Idiotie grenze, und er lege ein editorisches Halbjahresprogramm bei, das er zur Hälfte selbst bestreiten werde. Es sei ein Entwurf, die Eckpunkte seien unverrückbar, aber über die Einzelheiten ließe sich diskutieren, wenn nötig auch mit dem Bischof, und was das Gehalt betreffe, so seien seine Forderungen moderat, da werde man sich finden.

Schon drei Tage später kam die Einladung zu einem Vorstellungsgespräch. Margherita konnte es kaum glauben, las das Schreiben immer und immer wieder. Sie bat ihren Vorgesetzten um einen Vorschuss, damit sie Mario mit einem Anzug, einem Hemd und einer Krawatte ausstatten konnte, und in der Zeit bis zum Gespräch in der Missione Cattolica, natürlich mit einem Katecheten, nicht mit dem Bischof, fand sie ihren Mann verändert, beruhigt. Drei Tage nach dem Termin lag die Bewerbung im Briefkasten, abgelehnt ohne weitere Begründung. Sie stellen einen Hefeteig ein, erklärte Mario mit vor Zorn gerötetem Gesicht, ein gäriger, säuerlicher Zögling einer Jesuitenschule, wahrscheinlich Freimaurer, jedenfalls mit den richtigen Beziehungen, das sei eine Entscheidung, die an anderer Stelle gefällt worden sei, sicher nicht an der Feldstrasse in Zürich, nein, da habe Rom die Finger im Spiel, die hätten ihn nur eingeladen, um ihn auszuhorchen, und sein Fehler sei es, nach wie vor und unerschütterlich an die Vernunft und an den klaren Geist zu glauben. Margherita, weil sie klug war und aus ihren Fehlern gelernt hatte, pflichtete ihm in allem bei, meinte, er solle sich nicht grämen, es werde sich etwas anderes finden, eine bessere Stelle, eine Bemerkung, hinter der Mario eine versteckte Botschaft vermutete. Wenn sie glaube, er werde sich vertreiben lassen, rief er, dann habe sie sich geschnitten. Margherita beließ es dabei und versuchte am nächsten Tag, den Anzug zurückzugeben. Der Ausstatter, ein freundlicher Mann mit Stirnglatze, hatte ein Einsehen und sagte, er werde eine Ausnahme machen, aber dann entdeckte er auf der Hose einen Fleck, und damit war die Sache erledigt.

Dann wurde Adelina sechs, und die Schule begann. Margherita hatte diesem Tag mit Bangen entgegengesehen. Die Emigration war damit endgültig besiegelt, ihre Tochter wurde eine Schweizerin, zwar vorläufig nicht nach den Papieren, aber vom Geist her, und das würde niemals rückgängig zu machen sein. Sie fürchtete die Begegnung mit den Behörden, mit der Schule, die Einheimischen waren gegenüber den Italienern feindselig, aber ihre Sorgen waren unbegründet. Fremde oder nicht, Adelina war bei den Lehrern und den Mitschülern beliebt. Sie zankte und quengelte kaum, sie hatte Freude an den Farben und den Basteleien, liebte die Ausflüge und das Märchentheater, und wenn sie auch, wie es bereits im Bericht der Kindergärtnerin geheißen hatte, manchmal zu Träumereien neige und darunter Ordnung und Pünktlichkeit litten, mache sie doch schöne Fortschritte, räume ohne Murren auf, sei höflich und anständig und in ihrem Verhalten, für ein

Emigrantenkind, unauffällig. Bloß das Schreiben und das Lesen fielen ihr schwer, aber das werde sich finden.

Für Adelina waren die Buchstaben eine Qual, und eine Pein sollten sie bleiben. Ihre Schreibfibel: ein Schlachtfeld. Auf einer Linie mit neun A standen acht schief, und das neunte, das gerade war, sah zwischen den schiefen umso schrecklicher aus. Als würde Adelina die Regel kennen und gerade zum Trotz nur die Abweichungen schreiben.

Mario hielt sie für starrköpfig und nahm die Schwierigkeiten seiner Tochter persönlich. Er maßregelte sie für jede schlechte Note und hasste sich dafür. Es brach ihm das Herz, und doch fühlte er sich zu Strenge verpflichtet, die Rügen wurden wütender und zorniger, bis ihm die Tränen kamen und er sich in das Arbeitszimmer an seinen Schreibtisch flüchtete.

In den ersten beiden Klassen genoss Adelina die Unterstützung ihrer Lehrerin. Frau Kägi war achtundzwanzig und hatte Kabul und Tanger gesehen. Sie glaubte an die Einzigartigkeit eines jeden Menschen. Ob Frau Kägi Adelinas wahre Fähigkeiten erkannte, das ist schwer zu sagen, aber ohne Zweifel spürte sie in dem Mädchen eine Begabung. Und falls es nur die neugierigen und fröhlichen Augen waren, die sie verzauberten: Sie liebte, förderte und stützte ihre Schülerin nach Kräften.

Am Ende des Nachmittagsunterrichts behielt Frau Kägi Adelina im Klassenzimmer und schenkte ihr eine Stunde ungeteilte Aufmerksamkeit. Frau Kägi zog und schubste die Kleine, lockte sie in Richtung der Vokale –

ein O, das ist ein Kreis, der malt sich ganz leicht, und ein I, das ist ein Strich, das ist nicht schwer. Aus dem Katalog des Lehrmittelverlags suchte sich die Lehrerin zusammen, was Adelina die Angst und den Widerwillen nehmen mochte. Sie schaffte Material herbei, Papiersorten, Kartontafeln, Stifte in allen Größen und Formen, dicke Kreiden, feine Pinsel. Leim war auch da, und Adelina bastelte mit Hingabe, aber die Buchstaben rückten ihr nicht näher, sie blieben fremd, verschlossen, unerklärlich.

Frau Kägi stickte. Sie stickte Monogramme, sie stickte Bordüren, sie stickte Blumen und Glückwünsche auf winzig kleine Taschentücher. Es gab einen Korb, darin die Arbeit, die Nadeln und der Faden, und einmal nach dem Unterricht, als sie mit Adelina im Schulzimmer über dem Bild eines Elefanten saß, vor dessen Rüssel Linien mit dem Buchstaben E zu füllen waren, ließ das Mädchen den Bleistift liegen und griff aus dem Korb eine Stickerei, begutachtete Nadel und Faden, drehte das Tuch, befühlte die Arbeit, schaute sich jeden Stich an. Frau Kägi wollte ihr die Stickerei reichen, damit sie es einmal versuche, aber Adelina schüttelte den Kopf, und bis abends um fünf, als das Licht schwand und sie bald nach Hause gehen mussten, stickte Frau Kägi, und das Mädchen schaute zu. Zwei Stunden ließ Adelina die Augen nicht von den flinken Fingern, und irgendwann nahm sie die Stickerei aus Frau Kägis Hand, ohne zu fragen oder auf Erlaubnis zu warten. Sie nahm die Nadel und fuhr mit der Arbeit fort, setzte die Stiche, wo sie hingehörten, voller Sorgfalt, führte den Faden durchs

Öhr, als hätte sie nie etwas anderes getan, und schloss das Tulpenmuster fehlerfrei ab.

Frau Kägi war begeistert. Die Freude an der Nadel, am Faden und am Tuch, die Ruhe, die das Mädchen während des Stickens befiel, wirkten heilsam. Die Buchstaben aber ließ man fürs Erste bleiben.

Für ihre Mutter war das Talent der Tochter eine tröstliche Nachricht. Die Kleine zeigte Begabung, ein handwerkliches Geschick, das hin und wieder Nettigkeiten abwarf, Rosen auf einem Schnupftuch, Delfine auf der Serviette, mit der sich der Vater die Suppe aus dem Bart rieb und die Nase schnäuzte, ohne Sinn für Broderien oder andere Späße.

Kurz darauf machte Frau Kägi einen Hausbesuch, sie pries Adelina als musisch und gestalterisch hochbegabtes Mädchen, was sie auch im Zeichnen und im Musikunterricht beweise. Sie verstehe die Sorgen der Eltern, aber man dürfe einen Menschen nicht nach seinen Schwächen beurteilen, es seien die Stärken, die man fördern müsse, und sie wolle keine Prognosen wagen, aber in der Kleinen schlummere eine Künstlerin, die der Entfaltung harre. Man solle nur geduldig und hartnäckig sein, sie selbst jedenfalls werde alles tun, damit Adelina die passende Förderung bekomme.

Aber dann heiratete Frau Kägi und wurde schwanger. Sie verabschiedete sich von ihren Schülern, danach übernahm Herr Gruber die Klasse, ein Oberst im Generalstab, so hieß es jedenfalls. Vielleicht war er Leutnant, oder sogar nur Korporal. Aber er benahm sich wie ein Oberst, so kam es aufs Gleiche hinaus.

Herr Gruber hatte viele Interessen, Geografie vor allem, im Turnen mochte er Orientierungslauf und Geländespiele, Sticken gehörte nicht dazu. Als Frau Kägi fort war, blieben Adelina Stoff und Faden, vor allem aber blieb ihr die Nadel, die sie in das Gewebe stach, und sie hatte, wenn sie nun alleine in ihrer Ecke saß, eine böse Freude an der Spitze und dem Loch, und wenn sie sich in den Finger stach, dann tat sie es manchmal absichtlich. Der Tropfen Blut, die rote, glänzende Kugel auf der Fingerbeere, störte sie nicht. Einmal mit der Zunge drüber, und vorbei war's. Eine Weile spürte sie den Schmerz, dann stach sie frisch die Nadel in den Stoff, hörte die Eltern nicht, nicht ihre freudlosen Geräusche, nicht das Schlurfen im Gang, das Schnäuzen und Gurgeln, nicht das Schnarchen, nicht das Stöhnen.

Unglücke geschahen keine, das Leben war das Unglück, es floss dahin und kannte nur eine Richtung, hin zur allmählichen Zermürbung. Das Geld fehlte, Fortschritte gelangen nur kurzzeitig, bevor sie vom nächsten Rückschlag zunichtegemacht wurden. Zuerst wurde dies Mario zum Verhängnis, dem schwächsten Glied in dieser rostigen Kette.

Mutter und Tochter bekamen kaum mehr etwas anderes von ihm zu sehen als seinen runden Rücken. Mario hockte in seinem Bürostuhl, die Lehne im Kreuz, ein Folterinstrument, vor sich den Schreibtisch, dahinter das Fenster, und rauchte eine Schachtel nach der nächsten. Manchmal las er, aber die meiste Zeit hockte er nur da und brütete, und wenn Margherita spätabends in das Zimmer trat, brannte dort trübe das Licht, und der Mann, den sie geliebt hatte, den sie immer noch liebte und an den sie auf eine Weise, die sie nicht hätte erklären können, immer noch glaubte, saß da wie tot.

Wenn er wach war, grübelte er tagelang vor sich hin und konnte sich auf nichts einen Reim machen, nicht auf den Krieg, nicht auf den Vater, die beiden Katastrophen, die ihn auch weiterhin in den Träumen heimsuchten. Die Blödheit seiner Tochter war dabei die schlimmste Strafe. Buchstaben, Wörter, Sätze, Texte, Bücher: So lautete der Weg der Vervollkommnung. Und es war entweder ein Verbrechen, diesen Weg nicht einzuschlagen, oder eine kolossale Dummheit, was auf dasselbe hinauslief. Ein Mensch ohne Buchstaben konnte nicht denken, und dass seine eigene Tochter ein Strohkopf war, ein hübscher zwar, ein fröhlicher, aber eben doch ein Strohkopf, das wollte ihm nicht in den Schädel. Und ausnahmsweise fand Mario nicht einmal einen Schuldigen, er nahm es persönlich, er glaubte, seine Tochter wolle ihn bestrafen, auf eine hässliche, böse Weise, wie sein Vater ihn bestraft hatte, er war wütend auf das Leben, wütend auf die Tochter, wütend auf die Schweiz, auf Italien, wütend auf die Faschisten, wütend auf die Sozialisten, wütend auf seine Landsleute, wütend auf die Schöpfung.

Herr Gruber legte Adelina keine Steine in den Weg. Nur in der sechsten Klasse machte er einen Fehler. Er wollte sie in die Kleinklasse versetzen, zu den Kindern, die als Idioten oder Halbschlaue galten, die ihr Schulzimmer im Keller hatten, ein Keller, aus dem es keine

Rückkehr gab. Als Margherita davon erfuhr, griff sie ihren Mantel, packte Adelina, fuhr in die Schule und stellte den Mann zur Rede. Herr Gruber hatte keine Chance. Margherita ließ ihn nur ein Mal, ganz am Ende dieser halben Stunde, zu Wort kommen, aber da hatte er nichts mehr zu sagen, außer: Sie müssen verstehen, und: Wir werden dann sehen. Damit war die Sache erledigt.

Herr Gruber war ein ordentlicher Pädagoge, ein guter Lehrer, jedenfalls für die drei Klassenbesten, den Daniel, den Stefan und die Sandra. Den Großteil schleppte er mit, und die drei Dümmsten, darunter Adelina, vergaß er mit der Zeit einfach, sie wurden unsichtbar. Nur einmal im Halbjahr seufzte er tief, wenn er sich an die Zeugnisse zu setzen hatte. In den schriftlichen Arbeiten musste er Adelina die Note Ungenügend erteilen, da blieb ihm keine Wahl. Aber er hatte eine Lösung gefunden. Am Ende des Semesters hielt er mündliche Prüfungen ab, alle mussten ein Gedicht hersagen, und weil Adelina eine schöne Stimme und eine weiche Intonierung hatte, erteilte er ihr eine doppelte Sechs, was im Ergebnis eine knappe Vier im Zeugnis gab. Falls der Schulinspektor fragen sollte, würde alles nach Recht und Ordnung sein.

Währenddessen wuchs Adelina, wurde sie groß, größer als ihre Eltern. Das war die Großmutter, die war auch lang gewesen, aber Adelina wurde nicht lang, sie wurde gerade richtig. Man wusste trotzdem nicht, was man mit dem Mädchen anfangen sollte. Adelina war nicht dumm, im Gegenteil, sie war klug und hatte einen eigenen Kopf. Jeder bemerkte es irgendwann. Sie sprach in klaren Sätzen. Sie begriff die Situation. Sie verstand, wer dieser Gruber war. Sie durchschaute ihn. Sie durchschaute auch ihren Vater. Und mit jedem Tag verstand sie ihre Mutter besser, aber je besser sie ihre Mutter verstand, umso größer wurde die Distanz zu ihr. Adelina war es unerklärlich, warum der Vater unglücklich war und die Mutter ihm nicht helfen konnte. Sie strengte sich an, das sah sie, sie rackerte sich ab, arbeitete von morgens bis abends, sechsmal die Woche, sie kochte, sie putzte, Adelina half ihr, wo sie konnte, doch das meiste blieb an Margherita hängen. Eine Mühsal, eine Plage war es, und das Geld blieb knapp.

Am Fünfundzwanzigsten war es meistens aus. Sie aßen Linsen und Reis, und manchmal, gegen Ende des Monats, ging die Mutter in den Wald auf dem Käferberg und kam mit einem Korb Pilze zurück, mit feuchten Schwämmen, die sie in den Reis rührte, ein Geschmack von Moder, von Erdboden, von Gift. Adelina hasste sie, ihren Geschmack, aber die beiden Großen schaufelten die Schwämme in den Mund, als sei nichts dabei.

Als die Schulzeit zu Ende ging und alle in der Klasse sich nach einer Lehrstelle umsahen, nahm Adelina, weil sie um keinen Preis in die Fabrik wollte, eines Tages ihre Stickereien und ging zu Frau Gastweiler, einer Zugezogenen aus Bayern, eine herzensgute Person. Frau Gastweiler war verheiratet mit einem Tölpel, der sich für einen Politiker hielt, großspurig als Vertreter des Gewerbes auftrat und sich fortwährend in der Stadt lächerlich machte. Das war aber der Frau Gastweiler einerlei. Sie führte ihre Firma selbstständig und mochte dem Treiben ihres Gatten zusehen, ohne davon betroffen zu sein, ganz gewiss nicht finanziell. Sie zahlte dem Tagedieb monatlich ein Taschengeld, und weil Frau Gastweiler tüchtig war und mit den Leuten konnte, bedauerte man sie für ihren nutzlosen Gatten, aber die Leute begriffen auch, dass sie ihn auf ihre Weise liebte und genug Kraft hatte, um seine Blödheiten auszugleichen.

Frau Gastweiler betrieb eine Wäscherei. Im hinteren Teil, drei Stufen hinab, die in ein sonnenseitiges Zimmer mit Küchenzeile führten, saß sie die meiste Zeit am Nähtisch. Um die Mangel und die Büglerei kümmerten sich zwei Italienerinnen, Cousinen, die man nie alleine und stets zusammen sah. Die eine stämmig und kräftig, die andere zäh und beweglich, beide in blauen Arbeitsschürzen. Täglich neuneinhalb Stunden standen sie im Dampf und in der Hitze, fütterten die Rollen mit den Laken, den Tüchern und den Hemden. Frau Gastweiler besserte das Zeug aus, nähte Säume und stopfte Löcher. Für diese Flickarbeit konnte sie bessere Preise verlangen als für die Wäsche, die Strom und Wasser fraß und wenig abwarf.

Frau Gastweiler war eine elegante Dame. Schon morgens frisiert, stets in Schuhen mit hohen Absätzen und mit weißer Rüschenbluse. Als Adelina bei ihr vorsprach, als Frau Gastweiler die feine Stickerei in Augenschein nahm und später bei der Arbeit sah, wie die junge Frau mit Nadel und Faden umging, da überschlug sie die Kosten, die Adelina ihr machen würde. Drei Monate, danach würde sie sich rentieren, und weil es Aufträge gab und weil Frau Gastweiler mehr zu tun hatte, als sie leisten konnte, stellte sie Adelina ein.

Um das Glück vollständig zu machen, versprach ihr Frau Gastweiler einen Vertrag, nicht für eine richtige Lehre, aber immerhin für eine Anlehre als Flickschneiderin. Adelina durfte zur Schule gehen, einen Beruf erlernen, ein Diplom erwerben. Die Probezeit sollte ein Jahr betragen, danach konnte sie ihre Ausbildung anfangen.

Adelina saß das letzte Schuljahr ab und freute sich auf den Tag, an dem sie Herrn Gruber und dem Unterricht Lebewohl sagen und bei Frau Gastweiler anfangen konnte. Sie verspürte eine Freude im Bauch, ein ständiges Entzücken mit leichter Übelkeit, und wenn sie den Vertrag mit Frau Gastweilers Unterschrift aus der Schublade zog, schien ihr das Papier wie der Fahrschein in ein eigenes Leben. Arbeiten, Geld verdienen, ausziehen, eine eigene Wohnung, ein Mann vielleicht, Kinder, später, noch lange nicht.

Für die Mutter war es eine brave Sache. Das Mädchen war versorgt, und das kam ihr gerade recht. Adelina würde Geld nach Hause bringen, das war das Wichtigste, was mehr konnte sie verlangen? Sie sah, wie ihre Tochter aufblühte. Sie war nicht eifersüchtig, bloß so verzweifelt über die Arthrose, die ihre Finger verformte und ihr das Maschinenschreiben erschwerte, dass sie sich über nichts mehr freuen konnte.

Für Mario bestätigte der Lehrvertrag, was er lange befürchtet hatte. Seine Tochter war für niedere Tätigkeiten bestimmt, für Hausarbeiten, sie würde keine Ärztin sein, nicht einmal eine Krankenschwester, keine Sekretärin; ein Hausmädchen, das würde aus seiner Tochter werden. Er behielt seine Enttäuschung für sich, er war älter geworden und hatte nicht mehr die Kraft, etwas gegen die Pläne seiner Tochter zu unternehmen, genauso wenig wie er die Macht hatte, gegen die Jungs vorzugehen, die nun auftauchten und sich für seine Tochter interessierten, Halbstarke, von denen manche einen Schnurrbart trugen und als Männer durchgingen.

Den Rest seines Lebens verbrachte Mario mit der Frage, für welche Sünden er diese und alle anderen Strafen verdiente, deren letzte er nur in einer langen Reihe sah mit jeder Demütigung und Kränkung, die er seit der Geburt erlitten hatte. Woher die Ungerechtigkeit, woher das Unglück, das einen Mann von seinen Fähigkeiten in ein Zimmer sperrte, in ein lichtloses Zimmer, zusammen mit tausend klugen und doch unnützen Büchern, in ein kaltes Land, in seinen eigenen Kopf, in dem es dunkel war und einsam.

In der ersten Zeit bei Frau Gastweiler nähte Adelina Knöpfe an, Hemdknöpfe, Hosenknöpfe, Miederknöpfe. Wenn die Chefin ihr über die Schulter blickte, sah sie, dass Adelina im Knopfannähen die anatomisch und physiologisch mögliche Grenze erreicht hatte. Kein Knopf schlüpfte ihr durch die Finger, jedes Loch traf sie mit perfektem Stich, zog mit einem einzigen Zug den Faden nach und verknotete ihn einmal und endgültig.

Einen Kunden, der wie jeden Montagabend seine schmutzigen Hemden abgab und die frischen mitnehmen wollte, winkte sie an den Nähtisch, und beide verfolgten entzückt Adelinas Kunstfertigkeit. Herr Bohren arbeitete in Bern, im Amt für Rüstungsdienste, in der Abteilung Beschaffung, und nach einem kurzen Gespräch mit der Inhaberin standen ein paar Tage später fünf Kartons in der Nähstube, jeder gefüllt mit neunzig Armeejacken, grauer Drillich, den die Soldaten beim Parkdienst trugen. Es waren vierhundertfünfzig Röcke, direkt aus der Fabrik, an denen noch die Knöpfe fehlten. Das waren siebzehn Knöpfe für jede Jacke. Acht Knöpfe in der Leiste vorne, jeweils drei an den Manschetten und zwei auf den Achselbatten, schließlich ein in den Saum genähter Ersatzknopf. Und so nähte Adelina siebeneinhalbtausend Knöpfe an das Soldatenzeug.

Die Nadel war dick, der Faden steif, die Jacken lagen hart wie Bretter auf dem Nähtisch. Aber nach zwei Wochen war der Auftrag erledigt. Herr Bohren hatte Freude, Frau Gastweiler hatte Freude, Adelina hatte blutige Finger.

Bald standen neue Kisten mit neuen Jacken und mit frischen Knöpfen in der Wäscherei. Adelina nähte die Knöpfe an, machte dazu ein Gesicht, bis Frau Gastweiler ein Einsehen hatte. Sie wollte das Mädchen nicht verschleißen. Die dritte Lieferung sollte sie nach und nach erledigen, zwischen anderen Arbeiten. Sie gab

Adelina für diese Lieferung eine Woche zusätzlich und setzte sie zwischen hundert Jacken und tausendsiebenhundert Knöpfen zwei Stunden an die Maschine und ließ sie beim Bordürennähen ausruhen.

Adelina arbeitete ihr Jahr ab, und als endlich die Lehrzeit begann, änderte sich nicht viel, bloß, dass sie jetzt freitags die Schule besuchte, das heißt, sie besuchte sie ein einziges Mal, denn am Dienstag darauf fand Margherita ihren Mario leblos in sich zusammengesunken auf seinem Stuhl, die Asche einer abgebrannten Zigarette zwischen den Fingern. Der Notarzt konnte nichts tun, als der Witwe das Beileid auszusprechen, und als Adelina abends nach Hause kam, hatten die Bestatter ihren Vater bereits weggebracht.

Als Margherita die Fenster aufgerissen hatte, an diesem frischen kalten Märztag, und der Wind durch die Wohnung fegte, da saßen die beiden, Mutter und Tochter, in der Küche, beklommen, ja, traurig, aber erleichtert, dass sie einer uneingestandenen Last ledig waren, ein kranker Bär, vom Rotwein und von den Medikamenten so fett geworden, dass er kaum noch aus seinem Stuhl aufgestanden war. Sie hatten sich nicht mehr um diesen Mann zu kümmern, engstirnig, verbittert und immer hungrig, ein Mann, der sich nur für seine Bücher interessierte, für sein eingebildetes Schriftstellertum, ein Mann, der keine Glühbirne wechseln konnte. Er war jetzt tot, das Leben konnte weitergehen.

Eine Woche später war die Last wieder da. Die Last trug eine Zahl, es war ein Vermögen, achtzehntausendachthundertvierunddreißig Franken. So hoch waren die Schulden, die Mario hinterlassen hatte. Was über Miete, Essen, Krankenkasse und Steuern hinausgegangen war, hatten die Eltern auf Pump gekauft, Kleider, die Einrichtung, die Fahrräder und die Bücher – vor allem die Bücher. Es zeigte sich, wie berechtigt Adelinas Ablehnung war. Buchstaben brachten nur Unglück, besonders die gedruckten, die als Buch im Regal standen, und darunter vor allem eines, Vaters eigenes Buch war ein Fluch, das Buch über Oberdan, das er in Italien hatte verlegen lassen, von einem Kerl, der sich Editore nannte, in Wahrheit aber ein Halsabschneider war. Bezahlt hatte der Schriftsteller, den Druck und die Exemplare. Das heißt, er hätte es bezahlen sollen, wenn er es hätte bezahlen können, aber jetzt war er nicht nur blank, jetzt war er tot, und alles, was von ihm blieb, waren Sorgen und Schulden.

Margherita wollte das Erbe annehmen, trotz der Schulden, sie wollte ihren Teil übernehmen, das stand für sie außer Frage, sie bat Adelina um ihr Einverständnis, und als die Tochter keine Reaktion zeigte, sank Margherita auf die Knie, faltete die Hände, legte ihr Gesicht in Adelinas Schoß und flehte sie an. Wenn sie nicht unterschreibe, werde der Gerichtsvollzieher kommen, die gesamte Habe werde versteigert, um die Gläubiger bezahlen zu können, alles, was ihnen lieb und teuer war, die Möbel, die Teppiche, das Geschirr, und möglicherweise werde sie das Land verlassen müssen. Adelina ließ sich nicht erweichen, schwor, niemals diesen Wisch zu unterschreiben, den der Siegelungsbeamte auf dem Buffet zurückgelassen hatte. Die Erinnerung an die frühe Kindheit, an den liebevollen Vater war verblasst, ihre Liebe war vergiftet, sie wollte für keinen Menschen geradestehen, der ihr nichts zugetraut hatte, der über seinen Tod hinaus ihre Mutter in den Ruin trieb. Vierundzwanzig Tage lang blieb Adelina hart, und während dieser vierundzwanzig Tage wurde ihre Mutter stiller, ihr Blick kälter, die Verachtung, die sie für die treulose Tochter empfand, schob sich zwischen sie. Kein Wort sprachen sie, und Adelina fragte sich, ob ihre Mutter neuntausend Franken wert war, und sie erschrak über diesen gottlosen Gedanken. Kurz darauf, in einer stürmischen Nacht, ihre Mutter lag schlafend auf dem Sofa, nahm sie den Wisch vom Buffet und unterzeichnete in ihrer krakeligen Schrift die Schuld des Vaters mit den einzigen Worten, die sie schreiben konnte, mit ihrem eigenen Namen.

Am Morgen war das Papier verschwunden, und Adelina hoffte, dass ihre Mutter ihr vergeben hatte, aber Margherita änderte ihr Verhalten nicht. Adelina verstand, dass sie mit ihrer Starrköpfigkeit die Liebe ihrer Mutter erschöpft hatte und nicht hatte zurückkaufen können, dass die Mutter ihr auf ewig den Verrat vorwerfen würde, und mehr noch, wie Adelina sie, die Witwe, die diesen Mann geliebt hatte, ihre Macht hatte spüren lassen.

Sie begruben den Vater in Triest, auf dem Cimitero Sant'Anna, sein letzter Wunsch, der sie mehrere Tausender zusätzlich kostete. In der Kapelle tauchten ein paar Kerle auf, die behaupteten, sie hätten Mario von früher gekannt. Sie hatten die Anzeige in der Zeitung gesehen, hatten sich zu einem Totenmahl eingeladen, zu Mortadella und zu Wein, schlugen sich in der Osteria die Bäuche voll, und nachdem sie sich den Mund abgewischt hatten, drückten sie mit traurigen und vollgefressenen Augen die Hände der beiden Hinterbliebenen, die schon wieder kurz vor der Abfahrt standen.

Noch im Zug, kurz vor Mailand, teilte Margherita ihrer Tochter mit, dass sie die Zelte in der Schweiz abbrechen werde, sie habe jemanden kennengelernt, auf eine Annonce, einen gewissen Sebastiano mit einem Haus und einem Wagen, und sie werde zu ihm ziehen, zurück nach Padua, zurück in die Heimat.

Adelina fühlte sich betrogen, wie sie nun ohne Mutter und mit etwas über neuntausend Franken Schulden dastand. Einen Tag und eine Nacht zermarterte sie sich das Hirn, versuchte, ihre Wut, ihre Angst, ihre Verlorenheit zu besiegen, und dann, zwischen zwei Schlucken Kaffee, nahm sie das Schicksal hin, ging zu Frau Gastweiler und erklärte ihr die Situation. Sie hatte einfach nicht die Mittel, um ihre Lehre fortzusetzen. Die Chefin weinte, als sie die junge Frau sah, die genauso wirkte wie in der Woche zuvor, mädchenhaft, frisch, und die doch über Nacht erwachsen geworden war. Sie dürfe wiederkommen, sagte Frau Gastweiler, wenn sie die Schuld des Vaters abgetragen habe. Wie lange es auch dauere, die Tür werde offen stehen, schließlich habe sie die Lehrlingskosten abgearbeitet, ohne den

Lohn beziehen zu können, und das tue ihr aufrichtig leid, und falls Adelina dann nicht zu alt sein würde, dürfe sie sich auf den Vertrag berufen und ihre Lehre beenden.

Sie fand eine Bleibe bei einer Bekannten, Vicky hieß sie, ein winziges Zimmer, aber es reichte fürs Erste. Vicky wurde bald vierzig, arbeitete Teilzeit bei einer Agentur, die Inserate platzierte. Sie hasste diese Arbeit, wollte kündigen und träumte von einem Leben als Reiseleiterin, aber es ging nicht, sie musste bleiben, sie hatte ein Verhältnis mit ihrem Vorgesetzten. An Vickys freien Tagen, zwischen drei und fünf Uhr nachmittags, tauchte er auf, rannte vom Wagen, den er drei Straßen weiter abstellte, im Laufschritt in die dritte Etage, und Adelina hatte bald begriffen, dass es besser war, wenn sie in jenen zwei Stunden einen Ausflug in die Stadt unternahm. Der Mann war verheiratet und ein Idiot, das sagte Vicky selbst, zudem schwitzte er, aber dennoch kam sie nicht los von ihm, was Adelina unerklärlich war. Abends saß sie mit der Freundin in der Küche und lauschte deren Einführungen in die Lebensrealitäten, wie Vicky es nannte.

Du bist in einer üblen Lage, mit deinen Schulden. Was sind es? Neuntausend? Was kannst du entbehren? Einen Hunderter monatlich? Was sind das? Acht Jahre Knausern? Du brauchst einen Mann, wahrscheinlich einen älteren. Das ist unschön, und leider ist es unvermeidlich. Die Alten haben nun einmal die dickeren Brieftaschen. Sind wir daran schuld? Jeder nutzt, was er hat, und du, mein Liebes, hast einiges zu bieten, aber du musst es einsetzen. Willst du dich kaputtmachen in der Fabrik? Schau mich an. Ich brauche monatlich eine Flasche Cognac, neunhundert Zigaretten und drei Paar Strümpfe. Das ist mein Notbedarf, wie soll ich sonst überleben in dieser Gesellschaft?

In einem Punkt hatte Vicky recht. Adelina gefiel den Männern, das wusste sie. Sie war zierlich und blass, die dunklen Locken hingen ihr lang und schwer über die Stirn und verdeckten die schwarzen Augen. Ihr Mund war groß und sprach selten, aber das hieß nicht, dass sie sich keine Gedanken machte über die Welt, in der sie lebte. Sie stellte sich viele Fragen, ob es zum Beispiel böse Menschen gab, von Grund auf schlechte Charaktere, und vor allem, wie man sie erkennen könnte, bevor man näher mit ihnen zu tun bekam, denn hinterher war das Unglück ja bereits geschehen, man war auf einen bösen Menschen verfallen, lag im Graben, und da war es zu spät.

Falls es schlechte Menschen gab, dann musste es auch gute Menschen geben, was war es, das die einen von den anderen unterschied? Waren es die Taten, alles, was ein Mensch in seinem Leben trieb, das ihn entweder den einen oder zu den anderen zuschlug? Aber offensichtlich wurden gute Menschen auch einmal zu einer schlechten Tat gezwungen, aus Not, aus Mangel an Alternativen, und hatten die nicht ein anderes Urteil verdient als jene, die ohne Grund einem anderen Menschen Leid zufügten, ihn bestahlen oder bedrohten oder schlugen oder alles zusammen? Und wenn ein guter Mensch für eine böse Tat vor seinen Richter treten musste, vor jenem im Himmel, falls es ihn denn wirklich gab, oder vor den anderen, dem im Bezirksgebäude, was wäre dann die gerechte Strafe? Auch sie selbst wäre gern großherzig gewesen, doch sie konnte sich diese Großherzigkeit selten leisten. Aber vielleicht, so dachte sie, war das bloß eine Ausrede. Womöglich war sie verdorben, oder alle waren verdorben, und vielleicht war das die einzige Möglichkeit, sich einigermaßen schadlos zu halten in dieser Welt, eiskalte Berechnung und Verschlagenheit. So kam man weiter. So machte man sich ein schönes Heim. Sie durfte sich nicht zu viele Gedanken machen, jedenfalls nicht über die Welt, die ließ sich nun mal nicht ändern. Gedanken über das eigene Leben, das natürlich, wie man bei diesem oder jenem Geschäft weniger bezahlen musste, um anderswo mehr reinzuholen, hier ein kleiner Vorteil, da ein Angebot nicht ausschlagen. Auf diese Weise kam man vorwärts, aber Adelina war kein solcher Mensch. Sie spürte es, sie wusste es, sie war mit jeder Faser überzeugt, dass eines Tages, wann immer er auch kommen mochte, abgerechnet würde.

Und so nahm sie eine Arbeit in der Suppenfabrik an, draußen im Tal der Glatt. Man setzte sie in die Qualitätskontrolle, an ein Fließband, auf dem getrocknete Pilze an ihr vorbeizogen, am Montag Morcheln, am Dienstag Steinpilze und an den restlichen drei Tagen der Woche gewöhnliche Champignons. Sie waren zu sechst am Band, sie trugen blaue Schürzen, die Haare unter einer Zellulose-Haube, die sie wöchentlich zu wechseln hatten. Die Nägel mussten geschnitten sein, Lack war verboten.

In den ersten Tagen hatte Adelina keine Ahnung, nach welchen Kriterien sie die Pilze selektieren sollte. Sie sahen sich alle ähnlich. Sie nahm vom Band, was zu hässlich und nicht hübsch genug erschien, um in einer Suppe zu landen, und warf die schlechten in den Kübel. Bis eines Tages die Vorarbeiterin, eine dürre Zicke aus Apulien, Adelinas Arbeit inspizierte, aus dem Kübel einen Pilz fischte, eingeklemmt zwischen Daumen und Zeigefinger den Kolleginnen präsentierte, ihn weglegte, den nächsten aus dem Kübel holte, offenbar erneut ein tadelloses Exemplar, und so ging es weiter, bis in Adelinas Kübel drei verlorene Morcheln übrig blieben. Die Vorarbeiterin stauchte Adelina vor der Belegschaft zusammen, schimpfte sie eine Saboteurin, schleppte sie zum Fabrikationsleiter, der ihr den Kopf wusch, einen Verweis erteilte und sie zurück an das Band schickte.

Eine junge Frau aus Polen, von der es hieß, sie habe sich in einer vierwöchigen Flucht über den Eisernen Vorhang gerettet, zeigte Adelina, wie sich die Guten von den Schlechten unterschieden, und bald hatte Adelina verinnerlicht, nach welchen hellen und dunklen Stellen sie Ausschau halten musste. Die Vorarbeiterin kontrollierte zweimal täglich Adelinas Kübel, hatte aber kaum mehr etwas auszusetzen.

Mit der Routine begann für Adelina das Elend. Da sie nicht mehr damit beschäftigt war, ihre Aufgabe zu lernen, wanderte ihr Geist und hatte Zeit, sich Fragen zu stellen, über ihr Leben, wo sie gelandet war, hier an diesem Band. Wie lange sie bleiben musste, ob es einen Ausweg gab. Wenn zu Schichtbeginn um sieben Uhr morgens das Band zu laufen begann und das Summen der Maschine einsetzte, mit 130 Hertz, in einem mittleren C, dann überfiel sie eine namenlose Taubheit, eine Lähmung der Sinne, die jenseits der Pilze, des Neonlichts, des hellbraunen Bandes, der Hände ihrer Kolleginnen, keine Reize fanden, und Adelina verzweifelte über der Frage, wie sie es bis zur Pause, in den Mittag, bis zum Feierabend schaffen sollte, geschweige denn acht Jahre, bis sie die Schulden des Vaters abgestottert hatte.

Doch sie resignierte nicht, sie gab nicht auf, sie widersetzte sich der tödlichen Langeweile ihrer Arbeit und belegte bei Berlitz einen Konversationskurs in Englisch. Total-Immersion, Multimedia, Tonbandkassetten, das kostete sie eine ordentliche Summe. Das Grammatikbuch, im Preis inbegriffen, nützte ihr nichts, sie konnte es nicht lesen. Drei Wochen hielt Adelina durch, doch die Arbeit am Band, sowenig der Körper sich verausgabte, laugte den Geist aus, abends saß sie dann auf ihrem Stuhl im Schulgebäude an der Weinbergstrasse, und die Sätze der Sprachlehrerin rieselten durch Adelinas Gehirn wie Schnee durch Maschendraht. Jeden Donnerstagabend wiederholte sie dieselben Fehler, nichts blieb hängen, und nach fünf Wochen brach sie den Kurs ab. Sie forderte das Kursgeld zurück, aber es gab nichts zurück, auch keinen Anteil. Sie müsse den Vertrag lesen, erklärte die Dame im Sekretariat.

In der Fabrik klärte sie die junge Polin eines Tages, in der Neun-Uhr-Pause, zwischen zwei Zigaretten, darüber auf, was man tun müsse, um am Fließband nicht zu verblöden. Man könne es wie Carmen machen. Die denke sich eine Reise aus, stelle sich vor, wie sie die Sehenswürdigkeiten der Welt besuche, den Taj Mahal, die Große Mauer, die Niagarafälle, und die Kunst sei, sich alle Einzelheiten vorzustellen. Das beginne mit der Planung, mit dem Gang ins Reisebüro, der bereits tausend Möglichkeiten für einen Tagtraum biete. Wie man sich auf den Weg mache, das Haus verlasse, die Haltestelle erreiche. Dann die Fahrt in die Innenstadt, die Stationen, die der Bus passiere, man könne sich die Passagiere vorstellen, mit wem man ein Gespräch anfange, mit einer Frau zum Beispiel, die man vom Sehen kenne und die kürzlich in der Lotterie gewonnen habe und sich nun eine neue Wohnungseinrichtung leiste. Und man könne sich ausmalen, welche Einrichtung man in einem solchen Fall besorgen würde, oder sich einem anderen Passagier zuwenden, einem Alten, der betrunken ein Lied singe, oder aus dem Fenster schauen, über die Stadt nachdenken, über den Herbst sinnieren oder über die Platanen, die ihre Blätter verloren. Irgendwann werde der Bus halten, und schließlich stehe man im Reisebüro. Das Gespräch mit dem Agenten, sein Gesicht, die Garderobe, auch hier sei der Trick, das Detail zu würdigen und jede mögliche Abzweigung zu nehmen, zum Beispiel, wie man während des Gesprächs den Agenten bitte, die Toilette benutzen zu dürfen, wie man vom Stuhl aufstehe, im Gang die touristischen Ansichten betrachte, die weißen Häuser von Korfu, die Ahornwälder in Quebec, den Strand von Acapulco, den Zuckerhut in Rio, die Sequoien Kaliforniens, und bevor man die Tür zur Toilette öffne, werde man von der Werksirene aus dem Tagtraum gerissen, und man habe einen weiteren Tag herumgebracht.

Am nächsten Morgen, bei Betriebsbeginn, setze man die Reise fort.

Die Monate gingen dahin, der Sommer wich dem Herbst, und als die Tage kürzer, aber noch warm waren, mittags das Licht brüchig und golden wurde, als die Morgenluft das Gesicht kühlte und ihr die Ahnung und die Hoffnung auf ein anderes Leben ins Herz legte, da unterlief Adelina ein Fehler, für den sie ihr Leben lang bezahlen sollte. Ein Fehler, an dem sie an jedem ihrer restlichen Tage zu tragen hatte, ein schwerer, ja, aber ein schöner Fehler, ein Fehler, der eine Lederjacke trug, ein Fehler mit schwarzen Locken, mit dem schönsten Lächeln unter dem Himmel, ein Fehler mit einer entzückenden Zahnlücke, ein Fehler mit dem Namen Salvatore Izzo.

Zum ersten Mal begegneten sie sich im Vorortszug, der Adelina in die Suppenfabrik brachte. Salvatore, oder Toto, wie er sich vorstellte, arbeitete im Tiefbau. Er war der Mann an der Schaufel und am Bitumenrechen, mit dem er den Teer verteilte, den ein Kollege mit der Schubkarre brachte und den ein anderer mit der Walze plättete. Sie arbeiteten zu sechst, Italiener aus dem Mezzogiorno, ein Stoßtrupp des Fortschritts, der bei Wind und Wetter dem Land die Straßen baute, die

Zubringer zu den Neubaugebieten am Stadtrand, die Umfahrung der Nationalstraße. Toto sprach kein Wort Deutsch, er lebte in einer Baracke bei der Autobahnauffahrt, mit dreißig Landsleuten. Es war seine dritte Saison als Fremdarbeiter, in der übernächsten Woche lief seine Bewilligung aus, dann musste er für zwei Wochen das Land verlassen und sich neu um eine Stelle bewerben, aber das sah Adelina nicht, sie sah Totos Haut, die dunkel die Muskeln überspannte, die warm und geschmeidig anmutete, von der Arbeit und vom Schweiß und von der Sonne, die Lippen spröde, die Hände rau, und eines Abends, es war Anfang November, der Martinisommer brachte warme Tage, saßen sie nach Arbeitsschluss in der Halle des Hauptbahnhofs, tranken einen Kaffee, plauderten eine Stunde oder zwei, und danach nahm Adelina den schönen Mann mit nach Hause, Vicky war mit ihrem Vorgesetzten für ein paar Tage auf Geschäftsreise an die Adria gefahren.

Adelina wurde in der ersten Nacht mit Toto schwanger, und als sie es ihm drei Monate später eröffnete, an einem kalten Tag Mitte Februar, er war wieder zurück in der Schweiz, da errötete der junge Mann. Er nahm sie in die Arme und küsste sie auf Mund und Haare, er ließ sie nicht mehr los, streichelte ihr das Gesicht und sank vor Adelina in die Knie, was sie überraschte, rührte und beschämte. Sie mache ihn, schwor Toto, zum glücklichsten Mann der Welt, er werde sich um sie kümmern, um sie und um das Kind, was auch kommen möge. Und dann verlangte er, dass sie sich setze, er brachte einen Stuhl, einen zweiten, damit Adelina die Beine hochlagern konnte. Er machte ihr eine heiße Zitrone, erkundigte sich wieder und wieder nach ihrem Befinden, und schon am folgenden Montag holte er im Standesamt die Unterlagen. Das waren einige Papiere, die sie auszufüllen hatten. Sie mussten die Dokumente besorgen, die Reisepässe, die Niederlassungspapiere und die Geburtsurkunden. Für Adelina war es einfach. Sie besaß zwar keine Schweizer Staatsbürgerschaft, aber sie war hier geboren, und die Ämter arbeiteten zügig und fehlerfrei. Toto hatte mehr zu tun, drei Gänge auf die Botschaft, drei Nachmittage, die er im Zug und im Vorraum einer Kanzlei verbrachte, ohne Bezahlung für die entgangene Arbeit. Er hatte einen schlechten Status, eine Saisonbewilligung, die ihn nach elfeinhalb Monaten aus dem Land zwang, bevor er einen neuen Antrag stellen und, falls er eine Stelle fand, zurückkommen konnte. Wenn es ihm gelänge, vier Jahre hintereinander eine Bewilligung zu erhalten, dann würde er sich niederlassen dürfen, das ganze Jahr, so wie Adelina.

Adelina machte sich deswegen Sorgen, und sie kamen überein, dass Toto das Land verlassen solle, um in Kalabrien die Zeit abzusitzen, bei seiner Tante, die alleine in Reggio lebte. Er wollte zur Geburt zurück bei Adelina sein, dann hätten sie fast ein volles Jahr, und dann sehe man weiter. In der Zwischenzeit solle Adelina wie gehabt am Fließband das Geld verdienen, das sie jetzt noch dringender brauchen würden. Sie machten eine Liste mit den Anschaffungen, und da hatten sie bald drei Seiten zusammen und keine Vorstellung, womit sie das alles bezahlen sollten. Aber wenn Toto zurück sei, dann werde er für sie sorgen, er könne genug für sie beide verdienen.

So reiste er ab, so verbrachte Adelina die nächsten vier Monate alleine. Die Arbeit in der Suppenfabrik ödete sie nach wie vor an, aber sie spürte, wie sie sich veränderte, wie ein anderes, ein neues Leben in ihr wuchs, um das sie sich zu sorgen und zu kümmern hatte. Die Arbeit schien ihr jetzt genau das zu sein, was sie war, eine Notwendigkeit. Ein Kind brauchte Liebe, aber es brauchte auch Essen und Kleider und Spielzeug und Zeit, viel Zeit. Sie stellte jede andere Tätigkeit ein, ging früh schlafen, kaufte zweimal in der Woche ein, kochte ordentlich, aß ordentlich, nahm gelegentlich ein Bad und legte sich hin. Die Tage in der Fabrik gingen jetzt schneller vorbei als vorher, obwohl es ihr mit jeder Woche öfter übel wurde. Einmal erbrach sie sich, kurz nach der Mittagspause. Zum Glück schaffte sie es auf die Toilette, und die Vorarbeiterin hatte Erbarmen und schickte Adelina mit den Worten nach Hause, sie brauche nicht auszustempeln, das werde sie, die Vorarbeiterin, nach Werkschluss übernehmen, und keiner solle es wagen, ihr deswegen blöd zu kommen.

Samstags rief Adelina Toto an. Fünf Minuten hatten sie Zeit, die Auslandstelefonate waren teuer. Sie schworen sich ihre Liebe, küssten in den Hörer und besprachen die Hochzeit, und diese fünf Minuten reichten, dass Adelina in ihrer Einsamkeit aufgewühlt bis Sonntagnacht war.

Er hatte ihr seinen Weltempfänger dagelassen. Toto hörte die Sender aus der Heimat, diesen und jenen Kanal aus Mailand, den anderen, mit der Jazzmusik, mit Louis Armstrong und Ella Fitzgerald, aber Adelina entdeckte, dass es auch Nachrichtensender gab, sie drehte am Frequenzrad, und die Stimmen der BBC ertönten, die Deutsche Welle und France Internationale.

Die Amerikaner führten damals ihren Krieg in Vietnam, die Imperien standen sich gegenüber, in ihrem Schatten kämpfte Angola für die Unabhängigkeit und für den Marxismus, Salazar schickte seine Schwadronen, und der Nahe Osten kam nicht zur Ruhe. Flugzeugentführungen, Napalm, Ho Chi Minh, im Kreml herrschte Breschnew, Allende wurde Präsident in Chile, aber es waren nicht so sehr die Nachrichten, die sich in Adelinas Ohr schlichen, es waren die Stimmen im Äther, es war die Musik der Menschenwelt, der Tonfall in Santiago, die drei Minuten eines Reporters, der seinen Bericht aufs Tonband liest, mit Nachdruck, zum Mitschreiben, formuliert und recherchiert, die Zahlen der Wirtschaft, die Zahlen der Toten, der Erschossenen, der Verletzten, die Zahl der Bomben, der Flugzeuge, der Frachtschiffe, die Zahl der Importe, der Touristen, die Ölmenge, der Zahl der verheizten und der raffinierten Barrels, die Zahl der Schweinehälften, die Zahl der Hektoliter Orangensaft als Konzentrat in niederländischen Tanks, die Zahl der Konjunkturaussichten, die Inflationszahl, die Zahl des Vermögens von Jane Fonda, die Zahl ihrer Liebhaber, die Zahl der menschlichen Muskeln, die man an seinem Körper stählen konnte, die Zahl der Kalorien, die eine Arbeiterin täglich zu sich nehmen sollte, Adelina hörte diese Zahlen, und sie sprachen zu ihr, und was sie zu sagen hatten, war nicht gut, es waren Verwünschungen, jede Zahl ein Fluch, von dem sie jedes Wort verstand, jede Silbe, und die einzelnen Malediktionen setzten sich zusammen zu einem großen Schrecknis, aber auf eine seltsame Weise fürchtete sie sich nicht davor, es war bestimmt, die Welt war vermessen und berechnet, für eine jede Sache gab es eine Größe, für jeden Menschen eine Ziffer, und alles, was er tat, und alles, was der Mensch träumte und was er vermochte und woran er scheiterte, das ließ sich für die Welt da draußen, die durch den Lautsprecher in die Wohnung drang, alles ließ sich fassen und umzirkeln und besaß einen Wert, einen Preis, und manche Größen brachten Zinsen, und andere kosteten Gebühren, und Obligationen brachten viereinhalb Prozent auf fünf Jahre, aber neun Prozent auf zwanzig Jahre, und Adelina konnte sich nicht vorstellen, was in zwanzig Jahren sein mochte, im Jahre neunzehnhundertneunzig, da wäre sie noch nicht alt, aber sie wäre doch eine andere Zahl, mit anderen Kommastellen, ihre Lebenserwartung, die Zahl der Jahre, die sie noch zu leben haben würde, hätte sich dann verkleinert, aber ihr Kind würde volljährig sein, mit einem eigenen Konto, mit einem eigenen Budget, mit einem eigenen Umsatz, und es ging jetzt nur darum, die Einnahmen mit den Ausgaben in ein stabiles Verhältnis zu bringen und, egal was reinkam, stets etwas zur Seite zu legen, davon sprachen die Herren im Radio, dass es Schulden und Schulden gebe und der Zinseszins den ganzen Unterschied mache. Und nicht vergessen konnte sie die

Zahl der von den Panzerkolonnen zurückgelegten Kilometer in den vergangenen Tagen, in den vergangenen sieben Tagen, die Zahl der weißen Blutkörperchen in sieben Litern Menschenblut, die Zahl der vermissten Kinder und die Zahl der verschiedenen Brotsorten, die der Großverteiler anbot, die Zahl der Krebstoten, die Zahl der Verkehrsopfer, und in diesem ganzen Schrecken wartete auf Adelina eine Erkenntnis. Sie verstand, was sie hörte, begriff, und während sie mit jeder Woche ihren Bauch wachsen sah, eine Spannung zuerst, dann eine Wölbung und schließlich schon fast eine Kugel, verband sie die tausend Zahlen aus dem Weltempfänger zu einem Bild der Zeit, in der sie lebte, und auch diese Zeit war, zum Schluss, eine Zahl.

Toto fuhr drei Tage verspätet los, dann verspätete er sich noch einmal um zwei, weil er an der Grenze bei Chiasso sitzen blieb und sie ihm zuerst das Geld schicken musste, damit er sich eine Fahrkarte kaufen konnte. Aber dann war er da, dann stand er eines Morgens gegen halb sieben vor der Tür, müde, aber doch nicht zu müde, um bis abends wach zu bleiben, nackt neben der nackten Adelina.

Mit der Heirat mussten sie warten, Toto fehlten die nötigen Papiere. Adelina war enttäuscht, aber es tröstete sie, als er für sie eine Wohnung am Stadtrand fand, hübsch, aber überteuert. Das Konkubinat war verboten, der Vermieter verrechnete die Umtriebe, die er deswegen haben würde. Die Wohnung konnten sie sich nur leisten, wenn sie an der Garderobe sparten und auf

Ausflüge verzichteten. Sie hätten zu einer Witwe ziehen können, weit draußen, hinter dem Flughafen, zwei Zimmer. Küche und Bad wären mit der alten Frau zu teilen gewesen. Aber sie glaubten an eine bessere Zukunft, sie wollten sich anstrengen, dann würde es eines Tages eine Lohnerhöhung geben. Totos Vorarbeiter hatte nichts versprochen, aber er hatte eine Bemerkung gemacht, von wegen, wer sich gut halte, werde auch gut gehalten. Jedenfalls waren sie zuversichtlich. Sie liebten sich. Sie hatten eine Bleibe, ein Dach über dem Kopf, eine Zuflucht, und Toto musste nicht zurück in die Baracke. Da kam er nämlich her, aus einer zwanzig Meter langen Baubaracke, von einem Stahlbett mit dünner Matratze, und dafür war Toto nicht gemacht. Er war zwar stark, aber er war fein, ein Tänzer, ein Sänger, ein Flötenspieler, ein kleiner Zauberer, der Schwäne und Hunde und allerlei albernes Zeug aus buntem Papier faltete.

Ende Juni sollte das Kind zur Welt kommen, und Anfang Mai beendete Adelina die Arbeit in der Suppenfabrik. Toto hatte eine Anstellung gefunden, im alten Betrieb, in der alten Brigade. Tiefbau, neuneinhalb Stunden täglich, Arbeitsbeginn um sieben, zwei kleine Pausen, eine vormittags, die andere nachmittags, zwischen zwölf und eins. Schichtschluss um halb sechs. Der Heimweg kostete ihn eine Dreiviertelstunde, jedenfalls solange sie draußen an der Westumfahrung bauten. Wenn er dann in der Tür stand, schwankte er vor Müdigkeit. Er sank auf einen Stuhl, Adelina zog ihm die Schuhe aus, setzte ihm einen Teller hin, danach stand er zwanzig Minuten unter der Dusche, kam frisch an den Tisch, aß seinen Teller. Während Adelina die Küche aufräumte, setzte er sich aufs Sofa, wartete auf seine Frau, die sich bald zu ihm setzte. Sie plauderten, Toto wurde still und schwer auf ihr, sie schüttelte und stupste ihn, er fuhr zusammen, stand auf, putzte sich die Zähne, legte sich ins Bett und schlief auf der Stelle ein.

Nur wenn sie Belagsarbeiten machten, kam er voller Energie nach Hause, dann war er aufgekratzt, kribbelig, erregt. Dann sprach er schon im Korridor mit zu lauter Stimme, und er hatte nicht die Geduld, sich unter die Dusche zu stellen, er packte seine Frau, ganz im Rausch des Bitumens, des Naphthalins, des Benzols, der Dämpfe, die er den ganzen Tag geatmet hatte, die ihn wild und gedankenlos machten, vor sich hertrieben, mit verschattetem Blick und trockenem Mund, den er den ganzen Abend mit Bier löschte.

Diese Abende waren für Adelina gefährlich. Toto packte sie, als wäre ihr Arm eine Schaufel, er war grob, er schien es nicht zu merken, er war außer sich, es kümmerte ihn nicht. Sie spürte seine rauen Hände, den trockenen Mund, und es war keine gute Idee, dagegen anzugehen, es war besser, ihn umzulenken, ihn zurückzuholen, in die Wohnung, in den gemeinsamen Moment. Sie sprach ihn an mit seinem Namen, Salvatore, sie nahm seinen Kopf in ihre Hände, zwang seinen Blick in ihren, Salvatore, er entzog sich ihr, setzte neu an, sie gab etwas nach, sie gab ihm zu verstehen, dass er bekommen würde, was er begehrte, sie wollte, dass er sich mäßigte, Salvatore, manchmal gelang es, manchmal nicht, und manchmal gelang es ihnen, gemeinsam in eine Ekstase zu fallen, in ihre Jugend, in die Schönheit, in das Begehren. Aber meistens erschöpfte sich Toto nach einer Viertelstunde, klagte danach über tödliche Kopfschmerzen. Sie gab ihm Tabletten und wartete, bis er seinen Kater durchstanden hatte.

Es wurde leichter, als Emma endlich da war. Sie brauchten weniger, es reichte ihnen, das Mädchen in ihrer Mitte zu haben, sie lagen auf dem Bett, die Kissen um das schlafende Baby. Dasselbe auf einer Decke im Park. Sie schliefen, sie aßen, sie liebten sich. Aber die Zeit schritt voran, und bald kam der nächste Abschied. Toto musste das Land, Kind und die Familie verlassen.

An einem Donnerstag klingelte zu später Stunde das Telefon. Er sprach undeutlich, dazu der Lärm im Hintergrund, einfahrende Züge und Lautsprecherdurchsagen. Es tue ihm leid, er brauche etwas Luft, Zeit zum Nachdenken, er bleibe ein paar zusätzliche Wochen, dann sei er zurück, er liebe sie. In der Zwischenzeit werde er Geld schicken, für sie und für Emma. Daran zumindest hielt er sich, wenigstens für zwei Monate, dann blieben zuerst die Anrufe aus, kurz darauf die Zahlungen. Ein paarmal versuchte Adelina, Toto an den Draht zu bekommen, aber er ließ sich verleugnen, von einer Frau, die behauptete, seine Mutter zu sein. Als Adelina einmal laut wurde, ließ die Alte am anderen Ende eine Bemerkung fallen: Wer könne schon sicher wissen, wer der Vater dieser Tochter sei, ob es dafür Beweise gebe und so weiter. Danach sparte sich Adelina das Geld, die Mühe und den Schmerz, sie warf Totos restliche Kleider, den blauen Anzug und alles, was in der Wohnung an ihn erinnerte, in den Müll, das Rasierzeug, das Kölnischwasser, die Rätselhefte und die Bilderbibel – alles raus in die Tonne. Nur den Weltempfänger behielt sie.

Dank Vickys Vermittlung fand Adelina Arbeit in der American Bar, einer etwas schummrigen Lokalität, die in der Häuserreihe hinter der Flusspromenade lag und den Vorzug hatte, dass sie erst um sechs Uhr abends öffnete. So konnte sie sich tagsüber um Emma kümmern. Das Lokal gehörte Ines Münger, einer eleganten Dame mit schönen Händen. Sie besaß ein Penthouse am See, einen goldenen Jaguar und einen weißen Königspudel, der hieß Jacky. Adelina fehlte jede Erfahrung im Gastgewerbe, aber die Münger beruhigte sie, dafür müsse man nicht viel wissen. Sie brauchte hinter dem Tresen ein hübsches Gesicht mit einem netten Lächeln, und Adelina, so befand sie, verfüge über beides. An fünf Abenden in der Woche, so kamen sie überein, würde Adelina die Bar aufschließen, alleine das Lokal führen und gegen Mitternacht die Einnahmen abrechnen. Der Lohn sei nicht übertrieben hoch, aber wenn sie die Gäste richtig zu nehmen wisse, könne sie mit ordentlichem Trinkgeld rechnen.

Adelina hatte eine Nachbarin gefunden, Vera, eine Studentin der Physik, die um halb sechs kam, Emma fütterte und zu Bett brachte und die um halb ein Uhr nachts, wenn Adelina nach der Polizeistunde endlich zu Hause war, in der Küche hinter ihren Büchern saß. Vera war nett und zuverlässig, aber ihre Stunden fraßen die Hälfte des Gehalts. Adelina kam auf einen monatlichen Fehlbetrag von fünfhundertneunundzwanzig Franken, den sie mit Trinkgeld wieder hereinholen musste, denn nach allen Abzügen verdiente sie in Wahrheit nicht sieben Franken dreißig in der Stunde, wie die Münger behauptet hatte, sondern nur fünf Franken achtzig.

Immerhin war ihr die Arbeit nicht zuwider. Sie mochte die Bar. Neben dem Eingang hing das Empire State Building, die Kippen drückte man im Aschenbecher mit dem Kopf der Miss Liberty aus, dazu die Songs von Frank Sinatra, John Coltrane und Ella Fitzgerald. Adelina genoss die Abende, und nur wenn ihre Gedanken zu Toto wanderten, befiel sie namenlose Traurigkeit.

Drei Monate hielt sie sich mehr schlecht als recht über Wasser. Sie sparte an allen Ecken und Enden, kaufte erst kurz vor Ladenschluss im Supermarkt ein, um an die herabgesetzten Lebensmittel zu kommen, ging zu Fuß und fuhr nicht mit der Straßenbahn zur Arbeit. Währenddessen gedieh Emma, tat bald die ersten Schritte, und wann immer sie es einrichten konnte, ging Adelina mit der Kleinen in den Park und ließ sie auf der Wiese herumtollen. Manchmal, wenn sie die anderen Mütter sah und deren Kinder mit ihrer Tochter verglich, dann wurde ihr bewusst, wie besonders Emma war, wie hübsch und wie klug und aufgeweckt und umsichtig. Eines Tages würde sie Ärztin oder Juristin werden, vielleicht beides, jedenfalls würde sie ihren Weg gehen, dessen war sich Adelina sicher, einerlei, wie groß die Widerstände auch sein mochten und wie dornig der Weg.

Eines Nachts erwachte Adelina aus einem schlimmen Traum. In der Wange ein pochender Schmerz. Sie taumelte ins Badezimmer, machte Licht und betrachtete im Spiegel lange und ungläubig ihr geschwollenes Gesicht. Sie legte Eis auf, es half nicht viel, erst als sie es sich in die Backentasche steckte, empfand sie etwas Linderung. So lag sie ein paar Stunden wach, schob, wenn der eine geschmolzen war, einen frischen Eiswürfel nach und hoffte bloß, die Kleine würde nicht erwachen und sie mit den Schmerzen alleine lassen. Als der Tag anbrach, holte sie Emma aus dem Bettchen, zog sie an und fuhr mit ihr an den Bahnhofsplatz.

Im Wartezimmer waren sie die ersten Patienten. Das Mädchen saß auf dem Boden und blätterte sich durch ein Bilderbuch. Der Doktor, ein schlanker Herr mit Schnauzer und Nickelbrille, meinte, er könne den Zahn gleich ziehen oder versuchen, ihn zu retten. Die Entscheidung liege bei ihr, aber er denke, der Versuch würde sich lohnen, schließlich sei sie jung, und auf einen schönen Molar verzichte man doch nur ungern.

Anderthalb Stunden war er mit der Rettung beschäftigt, und irgendwann, als Emma unruhig wurde und zu wimmern begann, rief er die Sprechstundenhilfe und trug ihr auf, nach dem Kind zu sehen. In den Armen dieser Frau fand Adelina das Kind nach der Operation, schlafend, und als sie kurz darauf im Lärm des morgendlichen Stoßverkehrs stand, war sie dankbar, auf freundliche Menschen getroffen zu sein. Sie war erleichtert und froh, sich mit ihren weichen Knien am Kinderwagen festhalten zu können.

Die Entzündung klang rasch ab, und schon am nächsten Abend erschien sie wie gewohnt in der Bar zur Arbeit. Blieb bloß die Füllung, aber das war eine kurze Sache, eine gute halbe Stunde an einem regnerischen Dienstagnachmittag, mit nettem Geplauder und einigen Fragen zu Emma, zur Arbeit und zum Leben. Als sie sich verabschiedeten, warf ihr der Doktor über den

Rand seiner Brille einen aufmunternden Blick zu, und sie empfand, als er die Tür der Praxis hinter ihr schloss, fast ein wenig Wehmut.

Die Rechnung kam mit einiger Verzögerung, Adelina hatte die Sache schon beinahe vergessen. Zuerst glaubte sie, es müsse sich um einen Irrtum handeln – der Betrag überstieg ihr wöchentliches Gehalt um das Dreifache. Sie ging in die Praxis, aber der Doktor war nicht mehr freundlich. Er warf einen missbilligenden Blick auf Emma und meinte zu Adelina, sie hätte es sich vorher überlegen und sich den Zahn ziehen lassen sollen, das wäre billiger gewesen. Jetzt mit dem Kind anzutanzen, sei ganz unmöglich, was sie sich einbilde? Dann ließ er sie mit der peinlich berührten Sprechstundenhilfe stehen.

Adelina hatte keine Ahnung, wie sie das Geld auftreiben sollte, sie kannte niemanden, der ihr hätte aushelfen können, und Vicky mochte sie nicht fragen. In der Bar ließ sie ihr Lächeln vermissen, was sich auf der Stelle bei den Trinkgeldern bemerkbar machte. Manchmal geschah es, dass sie aus Unachtsamkeit ein Getränk ohne Beleg ausschenkte, und es wäre ein Leichtes gewesen, den übrigen Betrag einzustecken, vielleicht hin und wieder absichtlich die Kasse auszulassen. Aber jedes Mal, wenn sie nach der Polizeistunde alleine im dunklen Lokal saß, die Einnahmen abrechnete und das herrenlose Geld, dessen Fehlen niemand vermisst und das ihr aus der Patsche geholfen hätte, auf dem Tresen liegen sah, schüttelte sie den Kopf, trug die vergessene Zeche nach und ging ehrlich und voller Angst und Ungewissheit nach Hause. Sie löste Vera ab, betrachtete Emma in ihrem Bettchen, wie sie in Frieden und Geborgenheit schlummerte und von all diesen Schwierigkeiten keine Vorstellung hatte.

Sie erbat keine Stundung, nicht einmal Ratenzahlung, in ihrem Mund wollte sie nichts haben, das diesem Kerl, diesem Doktor gehörte. Aus Stolz beglich sie mit dem nächsten Gehalt die Rechnung auf einmal und wartete keine dreißig Tage ab, aber als die nächste Miete fällig wurde, war kein Geld mehr da.

Und als hätte er auf diesen Moment gewartet, stand eines Morgens der Vermieter vor der Tür, ein blonder Hüne mit langen Koteletten im roten Gesicht. Beständig schob er einen Zahnstocher von einem Mundwinkel in den anderen. Er drückte sich an Adelina vorbei in den Korridor, warf einen Blick in jedes Zimmer, benahm sich, als habe sie jedes Recht auf die Bleibe bereits verwirkt. Und bevor sie sich fragen konnte, wie sie diesen Menschen wieder hinausbekam, stand der schon in der Küche, knallte eine Schreibmappe auf den Tisch, verlangte Kaffee, zückte einen Kugelschreiber und begann mit dem Verhör. Was der Grund für diesen Ausstand sei? Wann sie bezahlen werde? Ob es Sicherheiten gebe? Adelina antwortete knapp und sachlich, versprach, das Geld in den nächsten Tagen aufzutreiben, ließ sich nicht aus der Ruhe bringen – aber dann wollte der Mensch wissen, wo der Mann geblieben sei, mit dem er damals den Vertrag aufgesetzt habe, und da schluckte Adelina, ihre Stimme geriet ins Stocken, und schließlich konnte sie die Tränen nicht mehr zurückhalten.

Zuerst gab er sich bestürzt. Das hätte sie melden müssen, meinte er dann, sie wohne mit einem Vertrag, der auf den Namen Salvatore Izzo laufe, ohne ihn habe sie kein Recht, hier zu wohnen, ob sie verstehe, dass er gezwungen sei, sie augenblicklich auf die Straße zu setzen, sie und ihre Tochter? Ausreisen werde sie müssen, unweigerlich, zurück in ihre Heimat, wie Zehntausende ihrer Landsleute.

In dieser Krise müssen wir die eigenen Leute in Lohn und Brot halten; er sagte es auf eine Weise, als sei Adelina hier bestenfalls geduldet, in dieser Stadt, in der sie geboren und zur Schule gegangen war, wo sie geheiratet und ihr Kind zur Welt gebracht hatte, wo ihre Arbeit, ihr Leben waren. Er klickte mit dem Kugelschreiber und zerkaute seinen Zahnstocher, und Adelina verwünschte ihren verdammten Stolz, der sie erst in diese Lage gebracht hatte. Der Doktor hätte mit sich reden lassen; bei diesem Menschen hier war jeder Versuch zwecklos. Jetzt fluchte der Kerl über die Araber, über Sadat und die Spießgesellen von der OPEC, die täglich am Ölpreis schraubten und sie alle, die ganze freie Welt, an der Gurgel hätten, Halsabschneider, Verbrecher. Eine Mutter und ihren Balg werde er gewiss nicht durchfüttern, eine Alleinstehende, eine Italienerin, verdammte Scheiße.

Dann verstummte er, bewegte, ohne zu reden, seinen Mund wie ein Fisch auf dem Trockenen. Es war still. Sogar der Kugelschreiber hörte auf zu klicken. Und dann, mit einer einzigen schnellen Bewegung, stand er von seinem Stuhl auf, kam zwei Schritte auf Adelina zu, die an die Anrichte gelehnt stand, und machte eine Armlänge vor ihr halt.

Kein Unmensch, sagte er mit veränderter, atemloser Stimme, ich bin kein Unmensch. Jung sei sie, unerfahren, aber nicht dumm, das sehe er, sie habe einen Sinn für Eleganz, sei charmant und hübsch und so weiter, aber ohne Mann im Haus, da gerate sie naturgemäß ins falsche Fahrwasser. Sie könne nicht mit Geld umgehen, weil sie es als Frau nie gelernt habe, wo auch. Jemand müsse sich kümmern, er könne sich kümmern, nicht nur um das Geld, da werde man eine Lösung finden, mit etwas Goodwill von beiden Seiten, und so weiter.

Das hörte Adelina den Hausbesitzer sagen, während er seine Hand auf die Anrichte stützte, gleich neben dem Brotmesser, das seit dem Frühstück dort lag. Sie sah in sein rotes Gesicht, roch seine Kunstlederjacke und den fahlen Atem. Dann verlor sie die Geduld, hörte sich etwas sagen, einige entschuldigende Worte, sie verließ die Küche und war einen Augenblick später bei Emma, hob die Kleine aus dem Bett, legte ihr den Finger auf den Mund, gab ihr zu verstehen, sie solle leise sein, schnappte Schuhe, Jacke und Handtasche, und dann verschwanden sie durch das Treppenhaus hinaus auf die Straße und ließen den Hausbesitzer alleine in der Küche sitzen.

Den halben Tag verbrachten sie im Park, Emma im Sandhaufen, Adelina in ihren Gedanken. Die Luft war mild und frisch. Mittags holten sie sich ein paar Brote und setzten sich zu den jungen Leuten auf die Wiese. Emma war ausgelassen, erheiterte die Umgebung, fand bald einen Kameraden, mit dem sie den Sandhaufen umwühlte. Adelina sah sich bereits die Koffer packen und ins Heim der Heilsarmee ziehen, was ihr keine schlechte Möglichkeit schien, wenn sie damit diesen Kerl loswurde. Der Tag ging schon dem Ende zu, als sie sich nach Hause wagte.

Die Wohnungstür war nicht abgeschlossen. Der Vermieter war verschwunden. Auf dem Küchentisch fand sie einen Wisch, auf dem er seine Rechnung gemacht hatte, das heißt seine beiden Rechnungen. Die eine verrechnete die volle Miete, zahlbar bis zum Fünfzehnten des Monats, die andere, zweite, daneben, brachte einen Abzug an, einen Betrag, eine Zahl, hinter der in Klammern das Wort «Service» stand. Ein grüner Einzahlungsschein, daneben, auf dem Tisch, der angekaute Zahnstocher.

An jenem Abend meldete sich Vera ab, sie sei unpässlich, es tue ihr leid. Adelina packte ein paar Decken zusammen, ein Kissen, zog sich um, schminkte sich, und etwas früher als üblich ging sie mit Emma los. In der Bar richtete sie im Office neben den Getränkekisten ein Lager her, stattete es mit Pixi-Büchern, Papier und Stiften aus, legte ein paar Kekse dazu, einen geschnittenen Apfel, ließ die Tür nur angelehnt und hatte hinter dem Tresen das Mädchen im Blick. Sie fürchtete, dass die Münger auftauchen könnte, aber wennschon, Emma war brav und schlief bald in den Decken und Kissen ein. Die Gäste bemerkten nichts davon, bloß ein junger Schreiner auf Montage, ein hübscher Bub aus Bremen, irrte sich auf dem Weg zur Toilette in der Tür und sah das Kind in seiner Höhle schlummern. Die Gäste waren in Stimmung, ein Maler hatte etwas zu feiern und gab ein paar Flaschen aus. Bei der Abrechnung blieb ein Hunderter übrig, sie nahm es als Trinkgeld, steckte den Schein ein und bestellte für sich und die schlafende Emma ein Taxi. Ein alter Italiener fuhr sie. Er war ein guter Fahrer, der Wagen roch nach seinem Aftershave, und er nahm eine Route durch ein Viertel, durch das sie selten kam. Vor dem Tunnel, der unter den Geleisen in den Norden führte, sah sie über einem Laden im Erdgeschoss ein großes, gelbes Schild, darauf stand «Sofortkredit» und darunter, kleiner, «fair und flexibel».

Ein paar Tage sträubte sie sich noch, solange sie Münzen, Kleingeld zusammenklauben konnte. Aufs Trinkgeld war, im Guten wie im Schlechten, nach wie vor kein Verlass, und dann trudelten an drei aufeinanderfolgenden Tagen zuerst die Stromrechnung, eine Steuermahnung und schließlich die Krankenkasse ein, Dienstag, Mittwoch, Donnerstag. Am Freitag stand sie am frühen Nachmittag vor dem Laden mit dem gelben Schild.

Hinter dem abgeklebten Schaufenster konnte sie ein paar Gummibäume ausmachen, einen alten Eichenschreibtisch, dahinter saß eine Mittfünfzigerin mit Goldschmuck und großen Ohren, in einem blauen Wollkostüm und einer weißen Bluse. Adelina trat ein. Die Frau blieb sachlich, wollte wissen, wie hoch der Kredit sein müsse, ob es Sicherheiten gebe, was sie monatlich verdiene, aber alles in allem war sie nicht sehr unangenehm, im Gegenteil. Der Kredit schien in dieser Höhe kein Problem zu sein.

Wir kommen alle gelegentlich in Unpässlichkeiten, meinte sie, und es sei klug, dass sich Adelina an sie gewandt habe. Wichtig sei jetzt, die korrekte Höhe der Raten und die passende Laufzeit zu bestimmen, ein Fünftel ihres Gehaltes werde sie für eine gewisse Zeit doch sicher entbehren können. Natürlich werde sie sich einschränken müssen, das sei unvermeidlich, aber entscheidend sei die Liquidität. Mit einem Pölsterchen sei man gleich agiler, Beweglichkeit aber sei die erste Grundlage einer profitablen Existenz.

Adelina spürte, dass die Frau auf diese Weise nicht nur mit ihr, sondern mit allen sprach, die den Weg hierher gefunden hatten, die Verzweifelten, die keine Chancen hatten, von der Bank einen weiteren Kredit zu bekommen, all jene, die kein Konto besaßen oder so tief in den Miesen waren, dass Zahlungen sie nur in bar erreichten. Die Frau, Irma Kramer hieß sie, legte Adelina eine Aufstockung der Summe ans Herz, denn ihrer Erfahrung nach, und das zeige sich jedes Mal, würden einige Forderungen vergessen, und es sei vernünftig, auch für diesen Fall einen Spielraum zu haben, damit man flexibel bleibe und nicht die ganze Zeit wie ein Schuldknecht mit Fesseln und mit Stricken um Hand, Fuß und Hals seinen Alltag bestreiten müsse, gerade als Mutter trage Adelina Verantwortung, ein Drittel der angedachten Summe, diese Erhöhung würde sie empfehlen, und es schien alles so vernünftig, durchdacht und unabweislich, dass Adelina zu allem nur nicken konnte, obwohl ihr natürlich bange wurde, als sie im Kopf die monatlichen Raten und die Laufzeit überschlug.

Die Kramer begann nun, die Verträge aufzusetzen, ging mit Adelina eine vorgedruckte Liste durch, darauf die möglichen Vermögensposten, Sparkonten, Aktiendepots, Goldschmuck, Kunstgegenstände, nichts davon besaß sie, auch nach dem Mobiliar fragte das Formular, nach den Haushaltsgeräten, dem Fernseher, dem Bügeleisen, der Stereoanlage, dem Wagen, den Adelina ebenso wenig besaß, und hinter jedem Posten musste sie einen vermuteten Wert einsetzen. Sie war erstaunt, als sie die addierte Summe sah, und die Kramer sagte lächelnd, so ergehe es vielen, die Menschen wüssten oft nicht, wie viele Sicherheiten es gebe, gebundenes Kapital. Jedenfalls überzeugte sie die Zahl, sie nickte zufrieden, als ein Mann eintrat, ein Männlein, winzig, in einem langen Jackett und mit einem zerbeulten Hut auf dem Kopf. Seine Augen konnte Adelina nicht erkennen, die Hutkrempe und die getönten Brillengläser verdeckten sie. Unter dem Arm trug er ein Mäppchen, das er der Kramer wortlos auf den Tisch legte. Dann setzte er sich in der Ecke auf einen Stuhl neben dem Aktenschrank und wartete.

Die Kramer nahm das Mäppchen nicht, sie schaute es nicht einmal an, es war, als habe sie vom Männchen überhaupt keine Notiz genommen. Sie griff nach einem Kugelschreiber, ging den Vertrag Punkt für Punkt durch, setzte den Stift auf jede neue Zeile, machte dann zuunterst auf Seite vier ein Kreuz und schob das Papier über den Tisch.

Adelina sah auf die Buchstaben und die Zahlen, blätterte die Seiten durch, ohne etwas zu verstehen. Entscheidend waren die Zahlen, das wusste sie, die Raten und die Zinsen und die Laufzeit, sie fand die Ziffern auf Seite drei oben, fand sie schrecklich, bösartig, giftig, dann verlangte sie von der Kramer, sie solle die Zahlen wiederholen, damit sie es höre. Adelina spürte, dass hier ein Unglück seinen Ausgang nehmen konnte, aber alles andere, wenn sie diesen Ort ohne Unterschrift und ohne Geld verlassen würde, schien ihr noch unheilvoller und wahrscheinlich kaum zu überleben, nicht mit einem Kind, nicht ohne Mann, nicht in ihrer Situation. Sie fand die Luft mit einem Mal stickig, es war feucht und muffig und sie konnte kaum atmen, hatte bloß den Wunsch, so schnell wie möglich von hier zu verschwinden, und so nahm sie den Kugelschreiber und drückte ein paar Buchstaben aufs Papier.

Die Kramer reichte ihr das Doppel, bevor sie ihr Zeichen machte, dann war der Handel getätigt, sie tauschten die Verträge aus, die Kramer reichte ihr die Hand über den Tisch, öffnete nun endlich das Mäppchen und zählte ein Bündel Scheine durch, klopfte das Bündel auf den Tisch und reichte es Adelina. Das war alles. Der Vertrag verschwand, das Karussell drehte sich, und einen Augenblick später stand Adelina auf der Straße, das Geld an ihrem Herzen. Rasch ging sie zur Post und beglich die ausstehende Miete, die Steuerrechnung, die Krankenkasse und die restlichen Schulden ihres toten Vaters.

Sie fühlte keine Erleichterung, als sie aus dem Postamt auf die Straße trat, und war doch ein Gewicht los. Die Gedanken lösten sich aus ihren Kreisen, der Blick wagte sich hinaus in die Welt. Gegenüber hatten Marktleute ihre Stände aufgestellt, ein Mann mit Pfeife verkaufte Würste und Kartoffeln und Lagerobst. Adelina ließ sich zwei Tüten füllen, bezahlte, fürchtete sich vor dem übrigen Geld in der Handtasche, trug das Essen und die Scheine als Beute nach Hause, bezahlte Vera, schob ein ordentliches Trinkgeld hinterher, kochte, und während sie die Zwiebeln hackte, dachte sie nicht an ein anderes, ein neues Leben. Sie wollte bloß einen Moment satt sein, zu Kräften kommen, zur Ruhe.

Am darauffolgenden Tag fuhr sie mit Emma an den Seeweidsee, es war ein Samstag. Dort gab es eine Pension, dort stiegen sie ab, Mutter und Tochter, blieben eine Nacht, spazierten einmal um den See, lachten über die Gänse im Schilfrohr, retteten sich vor einem Regenguss in eine Besenbeiz, tranken kalte Ovomaltine und waren Sonntagnachmittag zurück, rechtzeitig, damit Emma ihren kleinen Schlaf bekam und Adelina sich umziehen, ihre Haare machen und das Make-up auflegen konnte. Vera würde die beiden nächsten Wochen nicht kommen können, sie war mit der Familie ans Meer verreist.

An jenem Abend tauchte die Münger unverhofft und unvermutet in der Bar auf und war entsetzt, als sie im Office auf das schlafende Kind stieß. Sie ließ nicht lange mit sich reden, schickte Adelina mit Emma nach Hause und übernahm persönlich die restliche Schicht bis zur Polizeistunde.

Anderntags suchte Adelina in den Gelben Seiten einen Betreuungsdienst und fand keinen, bis ihr die Heilsarmee einfiel. Kurz darauf stand sie mit Emma vor dem großen Haus hinter dem Bahnhof und öffnete die schwere Eichentür.

Die Damen und Herren in Uniform waren freundlich, brachten Kaffee und Kuchen. Eine schmale Soldatin, eine Frau undefinierbaren Alters, zeigte sich besonders erfreut und angetan von Emma, lobte sie für ihre roten Wangen, für die Haare und die Augen. Sie sei ein ganz braves Mädchen, und so ein braves Mädchen habe hier gar nichts zu befürchten, denn über dieses Haus wache der liebe Gott. Emma schien dies zu genügen, sie setzte sich gleich auf den Schoß der Soldatin und ließ sich die Geschichte von den drei kleinen Schweinen erzählen.

Adelina fuhr unruhig nach Hause, zog sich um, aber als sie in die Bar kam, war eine Frau da, stand hinter dem Tresen, eine große, schlanke blonde Frau mit einer Zigarettenverlängerung im Mund. Sie warf Adelina einen abschätzigen Blick zu, wurde dann, als Adelina ihr den Platz hinter der Bar streitig machen wollte, ausfällig, bedachte sie mit einigen Vulgaritäten, nannte sie eine Fotze, ein Luder, eine italienische Hure, aber Adelina ließ sich nicht beeindrucken. Sie holte ihr Portemonnaie aus dem Tresor, fuhr zur Münger ins Penthouse am See, verlangte mit wenigen, klaren Worten die Schicht und die Einhaltung der ordentlichen Kündigungsfrist, und falls man sie freistelle, werde sie ihren Lohn einfordern. Die Münger kraulte Jackys Ohren und blickte leer, schien den Schaden und den Nutzen zu berechnen, griff dann nach dem Hörer, wählte eine Nummer, sprach zwei, drei Anweisungen und legte auf. Dann schaute sie Adelina an, die sich nicht bewegte und dem Blick standhielt. Na los, gehen Sie, Sie haben, was Sie wollen, mehr sagte sie nicht. Adelina wandte sich zum Gehen, da warf ihr die Besitzerin noch die Worte zu: Den Balg bringst du nie mehr mit.

Adelina ging, trank in einer Stehbar ein Glas Weißwein, rauchte eine Zigarette und fuhr mit der Tram in die Bar. Die Frau mit den schönen Augen packte Mantel und Handtasche und verschwand, ohne sie eines Blickes zu würdigen.

Der Abend wurde fröhlich, feucht, Adelina hatte Mühe, die Gäste zur Polizeistunde aus dem Lokal zu bekommen. Bei der Heilsarmee fand sie Emma wach, die Armistin singend, fromme Gutenachtlieder in hellem, dünnem Falsett. Die Kleine war müde und wollte doch nicht schlafen, Adelina war auch müde, zu müde, um das Mädchen nach Hause zu schieben oder zu tragen, und ein Taxi kam heute nicht infrage, sie hätte sich geschämt, so viel Geld auszugeben. Deshalb blieb sie einfach, die Armistin brachte ihr ein Kissen und eine Decke, und die Mutter legte sich neben ihr Kind, in einem schlichten Zimmer mit einem Waschbecken, so schliefen sie die Nacht. Als Adelina ein paar Stunden später erwachte, fühlte sie sich erfrischt. Auf dem Tisch stand eine Tasse Kaffee, und der Kaffee war heiß und stark. Sie trank und war belebt, und dieses Gefühl hielt den ganzen Tag über an. Es war nicht das Geld, es war der Sieg, den sie errungen hatte, und auch wenn ihr bewusst war, dass ihre Tage in der Bar womöglich gezählt waren, war sie überzeugt, das Richtige getan zu haben. Sie musste sich nicht alles bieten lassen, nicht jedem Zwang weichen, und so, mit einem stolzen und gestärkten Herzen, kümmerte sie sich um Emma, kaufte ihr in der Buchhandlung das bunte Lexikon der wilden Tiere.

Die Heilsarmistin strahlte, als sie mit Emma gegen sechs Uhr abends erschien, und so ging es bis zum Fünfzehnten. Die Rechnungen waren bezahlt, der Tisch gedeckt, die Heilsarmistin, Sonja hieß sie, verstand sich mit Emma, und Emma verstand sich mit Sonja. Die Münger ließ sie in Ruhe, die Trinkgelder waren üppig, aber dann klingelte es an einem Dienstagnachmittag, und der Schuldengnom stand in der Wohnung, mit dem unvermeidlichen Hut und in einem karierten Hemd, die Augen hinter der dunklen, getönten Brille versteckt. Der Gnom sagte nicht viel, jedenfalls nichts Verständliches. Adelina hörte seltsame, glucksende Laute, und das Männchen reichte ihr die dritte Seite des Vertrags in Kopie, da waren zwei Linien mit rotem Stift angestrichen. Sie bezahlte die monatliche Rate, aber damit war der Gnom nicht zu Ende. Und entsetzt sah Adelina, wie er durch die Wohnung wieselte, in der Hand einen Bogen grüner Klebetiketten, Punkte, die er von der Folie löste und auf die Kaffeemaschine und das Bügeleisen klebte, das er im Küchenschrank gefunden hatte.

Auch der Weltempfänger wurde markiert. Der Gnom war nicht lange da, keine fünf Minuten, und danach waren die Sicherheiten ausgezeichnet, der Lockenwickler und das Waffeleisen, selbst an Emmas Bettchen klebte ein grüner Punkt, aber das stellte Adelina erst fest, als das Männchen wieder verschwunden war und sie sich fragte, ob sie geträumt habe. Sie schaute den Vertrag an, aber das waren bloß Hieroglyphen, und wütend und verzweifelt erwog sie, die Kramer anzurufen und zur Rede zu stellen. Und dann begriff sie, was die Punkte auf ihren Möbeln bedeuteten. Wenn sie die Fälligkeit auch nur um einen Tag überschritt, ging das gesamte Mobiliar an das Kreditbüro.

Von jenem Nachmittag an trug sie die Rate stets in einem Umschlag in der Handtasche bereit. Und pünktlich am nächsten Fünfzehnten, es war ein Donnerstag, und es war Vollmond, erschien das Männchen, diesmal in der Bar, setzte sich auf einen Hocker, in einem karierten Veston, einem alten Pullover, aus dem zwei schmutzig gelbe Hemdkragen ragten, die den roten und entsetzlichen Hals einzwängten, und als er auf dem Hocker herumrutschte, sah Adelina den Totschläger in seinem Gürtel. Er bestellte nichts, äugte wie ein Specht zu einer jungen Frau, einer Schuhverkäuferin, die gegenüber bei Bally arbeitete und nach der Arbeit zuverlässig ihren Wein trank, meistens einen Römer, dem ein zweiter und dritter folgte. Die beiden kamen nicht ins Gespräch, aber der Dämon, der Schuldengnom, blickte frech und ohne Scham über den Tresen hinweg zu dieser Frau, und Adelina war vor Angst wie gelähmt, und sie wünschte nur, dass dieser Kerl so schnell wie möglich aus dem Lokal verschwand. Aber sie konnte den Umschlag nicht über die Bar schieben, sie wollte nicht, dass jemand von der Sache Wind bekam, und wartete, bis die Frau auf die Toilette verschwand, dann zupfte sie schnell das Geld aus der Handtasche, legte es dem Gnom vor die Nase, verlangte eine Quittung, aber das Männchen schaute bloß in den Umschlag, drehte sich um und ließ sich vom Hocker gleiten. Dann verzog er sich, und als die Frau zurückkam, bestellte sie den zweiten Römer, zündete sich eine Zigarette an und wollte wissen, wer der Kerl gewesen sei. Adelina zuckte mit den Schultern und gab keine Antwort.

Zwei Mal die Woche musste Adelina einen Volltrunkenen mit dem Taxi abtransportieren, gelegentlich in Richtung Notaufnahme. Für viele fand die Krise eine Lösung im Alkohol, Wein vor allem, weiß, sauer, aus dem Lavaux oder dem Wallis, Lagerbier, klare Schnäpse, Birnen- und Zwetschgenbrände, schottischen Whiskey, Haig und Johnnie Walker und Black & White und Chivas und aus Amerika Four Roses und gelegentlich einen Rye. Cocktails wurden selten verlangt, einem Offizier, der jeden Dienstag auftauchte, tischte sie Gin Fizz auf, aber welcher Art die Getränke auch waren, gegen Viertel nach zehn Uhr abends war die Bar betrunken.

Es gab öfter Streit, laut wurde es fast jeden Abend, wegen der Politik, der Liebe oder dem Geld und oft wegen allem zusammen. An Adelina ging das meist vorbei. Sie mochte ihre Arbeit, besonders, wenn die Künstler und die Studenten kamen, aufgeputzt in allen möglichen und unmöglichen Garderoben. Die Jungs trugen Lippenstift, die Damen Anzüge und offene Blusen, sie lachten und führten Gespräche über den Imperialismus und die Revolution. Eine war gerade aus Paris oder Amsterdam zurückgekehrt und berichtete von ihren Affären, den Clubs und den Ausstellungen. Adelina wünschte sich, zu diesen Leuten zu gehören, und sie fragte sich, warum ihr das nie gelingen würde. Es lag an der Herkunft. Sie hatten ihre Eltern in der Gegend, ein Haus oder zumindest eine Wohnung, wo sie aufgewachsen waren, sie konnten rasch Geld verdienen, und wenn keines mehr da war, fanden diese Leute immer einen Unterschlupf. Sie hatten keine Schwierigkeiten, für ihre Kinder einen Platz und einen Menschen zu finden, jemand, der sich kümmerte. Und außerdem waren diese Leute nicht so dumm, mit zwanzig einen Balg auf die Welt zu stellen.

Ende April tauchte ein Mann in der Bar auf. Es regnete, er stand im Windfang, durchnässt, Adelina eilte zu ihm, nahm seinen Trenchcoat ab und hängte ihn an einen Bügel, er sagte nichts, schaute sie nur an, lächelte erstaunt, setzte sich an den Tresen, trank einen Chianti und begann, mit einem Bleistift in ein Notizheft zu zeichnen oder zu schreiben, sie konnte es nicht erkennen. Er versank in seinem Heft, nahm einen Schluck, ohne den Blick vom Papier zu lassen. Adelina bewegte sich nach rechts, spülte die Gläser, trat nach links, trocknete die Gläser ab, die Seite blieb unsichtbar, sie konnte nicht erkennen, ob der Mann zeichnete oder schrieb, bis er das Heft zusammenklappte, den Mantel verlangte, die Zeche auf den Tresen legte und verschwand.

Wo er wohl diesen dreiviertellangen Trenchcoat gefunden hatte? Dazu die Strähne, die ihm so bezaubernd nachlässig ins Gesicht hing, die blauen Augen, die spitze Nase. Der neue Gast ging ihr nicht aus dem Kopf, und als sie zu Hause unter ihrer Decke lag, mit einer heißen Bettflasche zwischen den Füßen, da dachte sie an seine Hände und an den gelben Bleistift, der ihr nobel erschienen war, schlicht, elegant, sie vermutete, dass er auf der Durchreise war, geschäftlich, wahrscheinlich Gast im Hotel Elite, wahrscheinlich ein Kongressbesucher. Wie es wohl wäre, Zugang zu seiner Welt zu finden, zu seinem Silberring mit dem schwarzen Stein, zu einer Welt, in der man mit gespitzten Bleistiften umzugehen wusste, einer Welt der hübschen Accessoires, ein Seidentuch, eine Börse aus Sämischleder, eine Brille mit Goldrand, eine Wohnung mit Plattenspieler, die Aufnahmen aus London, weltläufig, aber er hatte ihr ein Lächeln geschenkt, er hatte es überreicht wie ein Geschenk, und sie wagte nicht, es auszupacken. Adelina hatte kalte Hände, aber ihre Füße waren heiß.

Schon drei Tage später stand er wieder da, den Bleistift und das Heft ließ er stecken, seine Aufmerksamkeit gehörte an jenem Abend allein Adelina. Er verfolgte jede ihrer Bewegungen hinter dem Tresen, wie sie Zitronenschnitze schnitt, Eis nachfüllte und die Flaschen abstaubte. Und sie bemerkte, wie sein Blick auf ihre Bewegungen wirkte, wie sie den Lappen jetzt sorgfältiger über den Tresen bewegte und das Messer präziser durch die Zitrone führte, die Zange griff die Eiswürfel ohne Fehler, kein Tropfen fiel von der Flasche, ihre Schritte wurden leichter, sie folgten dem Takt von Duke Ellington, und in a sentimental mood ging sie in jener Nacht nach Hause. Sie hatte es nicht eilig, schlenderte durch die verlassenen Straßen und blieb einen Moment vor dem Cabaret an der Hohlstrasse stehen und ließ sich von einem Kerl eine Zigarette geben, bevor sie weiter durch die Nacht spazierte, den Cognac im Kopf, den sie sich nach der Abrechnung eingeschenkt hatte. Der Frühling lag in der Luft, die Nacht war friedlich, Adelinas Herz ging aus. Angehimmelt, das war sie, sein Blick hatte sie weit, leicht und ein bisschen blau gemacht.

Er hieß Emil, das erfuhr sie bei seinem nächsten Besuch. Er machte etwas mit Grafik, viel mehr verriet er nicht, überhaupt fand sie diesen Mann geheimnisvoll und verschwiegen, und wenn er über den Tresen hinweg eine Bemerkung machte, dann lachte sie, auch wenn ihr nicht ganz klar war, wie er es gemeint hatte. Sie fühlte sich unsicher, aber sie mochte den Schwindel, es gefiel ihr, wie er sie ansah, ausführlich und offen, Emil versteckte seine Blicke nicht, ließ sie über ihren Körper wandern, über ihr Gesicht, Emil blieb nicht bei den Augen, er heftete sich an Adelinas Mundwinkel, die ihn zu amüsieren schienen, und sie fand ihn plötzlich ungehörig und drehte sich mit gespielter Entrüstung weg, um einen anderen Gast zu bedienen, aber kaum hatte der sein Glas und den Aschenbecher, stand sie wieder bei Emil und bot sich feil. Tänzerisch und fast anzüglich bewegte sich Adelina im Geviert zwischen Spüle und Spiegel, Kühlschrank und Kasse, ihre Tanzfläche, während Louis Prima seine Einsamkeit ins Mikrofon hauchte. Ein verlorener Mensch, eine Frau mit einem blinden Pudel, saß alleine in der Ecke und goss einen Pastis nach dem anderen in ihre Verzweiflung, und als die Rechnung kam, konnte sie sie nicht begleichen, das Geld reichte nur für die halbe Zeche, sie machte einen Aufstand, der Hund heulte, bellte, da gab Emil Adelina ein Zeichen und schob einen großen Schein über den Tresen, mit einem spöttischen Lächeln. Heute Abend soll niemand Ärger haben, sagte er, und sie bedankte sich im Namen der Unglücklichen, der Pudel beruhigte sich und verkroch sich wieder unter den Tisch.

Am vierten Mai, gegen neunzehn Uhr, sie hatte gerade das Licht und die Musik angedreht, aber noch nicht aufgeschlossen, sah sie ihn draußen vor dem Lokal stehen, er winkte, in der Hand eine Rose, und als er im Windfang stand, bekam Emil einen roten Kopf und bat sie um eine Verabredung, schon am nächsten Tag, der viel Sonne versprach, sie könnten an den See gehen, und Adelina brauche nicht zu antworten, sie solle es sich überlegen, er werde bei der Schiffsanlegestelle auf sie warten. Sie können mich versetzen, sagte er, dann werde ich es hinnehmen und Sie in Ruhe lassen und nicht mehr wiederkommen. Dass er kein Draufgänger sei, habe sie bemerkt, er sei schüchtern, aber wenn er diesen Versuch unterlassen hätte, würde er sich verachten, er müsse sie kennenlernen, damit verschwand er und ließ Adelina mit der Rose in der Hand in der Bar zurück.

Den restlichen Abend verbrachte Adelina nicht in der Bar, sie machte ihre Arbeit, aber ihre Gedanken gingen nur in eine Richtung: wie sie sich befreien und für den nächsten Nachmittag Emma loswerden konnte. Mit der Kleinen aufkreuzen, mit dem Kinderwagen, peinlich, unmöglich. Sollte sie die Heilsarmistin bemühen? Sie würde eine Lüge auftischen müssen, einen Gang aufs Amt, eine Arztvisite erfinden, und es wurde ihr schlecht bei dem Gedanken, wie sie Emma bei einer frommen Frau abstellte für ein Rendezvous mit einem Unbekannten, unschicklich, anrüchig. Vera war nicht verfügbar, und sonst hatte sie niemanden. Außer Vicky, von der sie seit Wochen nichts gehört hatte, aber für ein erotisches Abenteuer würde sie einspringen, keine Frage. Adelina blätterte in ihrem zerfledderten Verzeichnis, und wieder wurde ihr schlecht, beim Anblick der Nummern, von denen die meisten ihre Bedeutung verloren hatten, die Inhaber längst verzogen. Und als sie mit angehaltenem Atem Vickys Nummer wählte, sechs Ziffern, das Gefühl, als würde ihr der Magen in die Füße fallen. Nach jeder Ziffer drehte die Wählscheibe zurück auf die Null, mit einem Geräusch wie ein Vorwurf, wie eine Ahnung der Gefahr, eine Erinnerung an den Leichtsinn, aber es war ohnehin egal, denn niemand nahm den Anruf entgegen.

Als ob sie sich ein Abenteuer leisten könnte, als ob sie die Mittel hätte, als ob sie irgendjemandem etwas abgeben könnte von ihren Gefühlen, ihrem Geld, ihrer Zuwendung. Die Gäste gingen ihr auf die Nerven, die Zeit verrann Minute für Minute, sie fand keine Lösung und fand keine Freude. Um elf war sie zermürbt, zu müde für einen guten Gedanken, sie hoffte auf die Nacht, auf den Rat, den sie bringen mochte. Aber der Schlaf ließ sie im Stich. Adelina erwachte mit schwerem Kopf und trockener Kehle, mit Bauchschmerzen, der Kaffee schmeckte nach Spülmittel, sie machte sich Kamillentee mit Honig, er war bitter, ekelhaft, sie zwang sich, die Tasse bis zur Neige zu trinken. Eine kühle Sonne drang durch das Fenster, der Himmel klar, sie hielt ihre Nase in den Morgen, stärkte sich an der frischen Luft.

Gegen neun Uhr hörte sie Emma brabbeln, sie saß im Kinderbett und begrüßte sie mit einem Lachen, aber die Mutter, an jenem Tag zum ersten Mal seit der Geburt, war der Kleinen böse, böse auf ihre Existenz, böse auf die Jugend, die vorbei war, böse auf die Zeit, nach der sie sich strecken, nach dem Geld, nach dem sie sich bücken musste. Anderthalb Stunden, bis kurz vor Mittag, platzte sie beinahe, fühlte sie sich eingesperrt, eine Gefangene, die Aussicht auf Freigang zu haben glaubte, einen Freigang, der ihr gerade durch die Lappen ging.

Und dann, mit einem Schlag, rückte in ihrem Innern eine Stelle in eine Position und rastete ein. Scheiß drauf, sagte sie sich, ich nehm die Kleine mit, sie gehört zu mir, ich gehöre zu ihr, und wenn es dem schönen Mann ernst ist, dann wird er auch zu Emma Ja sagen müssen. Was dieses Ja bedeutete, konnte sie nicht sagen. Ein Flirt, eine Nacht, aber sie schob diese Gedanken zur Seite, schlüpfte in ihren Wildlederrock und zog die Bluse mit den Rüschen an, fütterte mit einer Hand Emma und legte mit der anderen Rouge und Lidschatten auf, machte sich zurecht, als würde sie in die Bar gehen, aber als sie sich im Spiegel sah, fand sie sich angemalt und aufgetakelt. Es war kurz nach zwölf Uhr mittags, aus dem Hof klangen das Geklirr und das Geplauder von den Essenstischen, und sie sah aus wie ein schlechtes Showgirl, das Tageslicht verspottete sie, und jetzt störten sie der rissige Nagel und der Spliss im Haar, was ihr gestern einerlei gewesen war, und ihre falschen Klunker in den Ohren wirkten billig, und die Lacktasche ging aus dem Leim und wirkte schäbig, und die Fürstin von Monaco auf dem Titelbild der Illustrierten verspottete sie, und die Rolling Stones aus dem Radio verhöhnten sie mit ihrem You cant't say we're satisfied, Angie, Angie you can't say we never tried. Es war hoffnungslos, sie als Liebhaberin, als Verführerin, lächerlich, wenn man mit Kind und ohne Geld war, wenn man arbeiten musste für sein Brot, arbeiten bis zum Umfallen. Sie drehte das Radio aus, war versucht, in der Küche eine Zigarette zu rauchen, und ließ es bleiben.

Eine halbe Stunde oder mehr tigerte sie durch die Wohnung. Emma sah sich ein Bilderbuch an, Adelina herrschte sie grundlos an und lief dann zum offenen Fenster, sah den Wolken zu, die über den Himmel zogen, die Sonne verschatteten, bevor sie rastlos weitertrieben, hinaus in den Osten, über das öde Land hinaus. Sie war müde von den Umtrieben, von den Wechselfällen, müde von der Arbeit, müde von Emma, müde von der Sorge, müde vom Geld, müde vom Gedanken, woher sie es bekommen sollte, jetzt und in der nächsten Zukunft. Die nächste Station würde wohl der Fruchthof sein, draußen beim Güterbahnhof. Ein Cousin ihres Vaters arbeitete dort als Vorarbeiter. Um vier Uhr in der Früh aufstehen und mit dem Fahrrad hinausfahren, bis mittags Salat köpfen, Zwiebeln, Kohl, Tomaten, Importobst für die Restaurants dieser Stadt in Kisten packen, Rüstlisten und nasse Hände, der Dreck unter den Nägeln würde sich festsetzen, die schrundige Haut, die kalten Lagerhallen, die Eisenbahnwagen, die Camions und ihre Abgase, die Chauffeure mit ihren Sprüchen und dem Mundgeruch – wie lange würde sie das alles ertragen? Ein Jahr? Und dann? Und wenn sie es schon nach einer Woche nicht mehr aushalten würde? Was sollte danach kommen? In den Tagen, Wochen und Jahren, die wie eine unendliche Trostlosigkeit vor ihr lagen?

Das Land war ihr übel geworden, nicht nur ihr, Wut und Gehässigkeit an jeder Ecke, Schlangen vor den Arbeitsämtern, die Menschen an den Universitäten, die Irren in der Welt mit ihren Gewehren, den Bomben, den Sprengfallen, dem Napalm, den Feuerwerfern und den Molotowcocktails, der Hass der Männer auf ihre eigenen Kinder, wie sollte sie entkommen, einen Ausweg finden? Gab es einen Ausweg?

Toto. Wo war er wohl? Er hatte eine Karte geschrieben, in einem Umschlag ein paar Scheine, sie waren kaum das Papier wert, auf das sie gedruckt waren, die Zeilen krumm und die Schrift krakelig, ein ungebildeter, aber kein schlechter Mann, und stets am falschen Ort. Hier gehörte er nicht hin, er war verträumt und schlicht, er hatte nichts als seinen Körper, aber diese Arbeit war zu schwer für ihn, das Land zu kalt, die Baracken waren zu eng, zu feucht und zu stickig, die Säcke zu schwer für seinen schlanken Rücken, die Schaufel zu groß für seine feinen Hände. Ein Mechaniker, ein Uhrmacher, das hätte er sein mögen, aber jetzt stand er wohl in einer Kneipe oder in einem Supermarkt in Reggio, stand sich die Jahre in den Bauch und war auch dort falsch, weil er nicht hier war, nicht bei ihr, kein Vater für ihre Tochter, die ihr von Minute zu Minute mehr auf den Senkel ging, ausgerechnet heute quengelte sie, ein neuer Zahn, ein heißer Kopf und glasige Augen, furchtbar.

An diesem Morgen gelang es Adelina nicht, die Tochter in ihr Herz zu lassen, streng und knapp waren die Worte, forsch und grob die Hände, mit denen sie die Kleine packte und anzog. Emma wollte nicht in den Kinderwagen, sie strampelte und zerrte und weinte und rebellierte und war eine halbe Stunde nicht bereit, ihren Willen unterzuordnen. Adelina versuchte es mit Sanftheit und Versprechungen, aber Emma sagte Nein und Nein und nochmals Nein, schüttelte den verstockten, harten Kopf, ein verzogenes Gör, ohne Sinn und Verstand, in welche Lage sie ihre Mutter brachte, wie sie ihr den letzten Nerv zog, den sie für anderes brauchte als für die Zähmung einer Widerspenstigen, und sie fühlte eine Ahnung von der Erlösung, die es bedeuten würde, ein paar Tage Ruhe zu haben von diesem Kind, welches sie in der Hand hatte, an das sie gekettet war und gekettet bleiben würde für die restlichen Jahre ihrer Jugend, und dann hatte Emma genug geschmollt, sie nahm den Keks, den Adelina ihr eine halbe Stunde lang vergeblich angeboten hatte, kaute darauf herum, schmiegte sich an ihre Mutter und war von einem Augenblick zum anderen vergnügt, als wäre nichts gewesen. Adelina brauchte ein paar Minuten, um dem Stimmungsumschwung zu folgen, diese Kinder, flatterhaft, unstet, beweglich, fröhlich in einer Weise, die der Mutter verschlossen blieb.

Die Wolken hatten sich verzogen, das Mailicht grell und hart, noch standen nicht alle Bäume im Grün, andere blühten leuchtend rosa in der Allee. Die Tram war leer. Nur ein paar Schüler lärmten. Acht Stationen bis zur Schiffsanlegestelle, von ihr aus hätten es achtzig sein dürfen, so schwer war Adelina auf ihrem Sitz. Die Fahrt dauerte dreißig Ewigkeiten. Was Emil sagen würde? Wie lange würde der Nachmittag dauern, wenn er sie mit ihrem Kind antanzen sah? In einer Sekunde hätte sie sich verraten, ihr erbärmliches Leben würde in einem Augenblick vor ihm liegen. Es war unausweichlich. Sie würde bloß warten können. Warten, bis er genug hatte. Bis er begriff, wie schwer das Gewicht war, das sie zu tragen hatte und das mit jeder Woche schwerer wurde. Sie bekam das Kind kaum mehr die Treppe hoch, und nicht mehr lange, da würde es vorbei sein mit den Babytagen. Was sollte ein Mann wie Emil mit dem drögen Alltag einer alleinstehenden, verschuldeten

Mutter anfangen? Sie kamen an der Börse vorbei und sie hörte den Vermieter, seine Worte, seine Ansichten über die Frauen und die Männer. Aber sie würde sich nicht verkaufen. Sie wollte arbeiten. Ein eigenes Leben. Ein Kerl, der wer weiß was von ihr wollte, um den sie sich auch noch zu kümmern hätte, der konnte ihr gestohlen bleiben, und wenn er sie danach fragen sollte, würde sie ihm genau das antworten.

Der Nachmittag dauerte bis halb sechs Uhr abends, und es war Adelina, die ihn beschloss. Emil störte sich nicht an Emma, im Gegenteil, die ersten Minuten schenkte er seine Aufmerksamkeit ganz der Kleinen. Ein Dampfer verließ den Hafen, Emil tat so, als würde er das Schiffshorn bedienen, er zog dreimal an einer imaginären Leine, Emma kicherte, er ließ sich vor dem Wagen nieder und zog eine Grimasse, zeigte den Trick mit dem abgetrennten Daumen, den sie nicht verstand. Die Kleine drehte den Kopf weg, kicherte weiter, und als sich Emil erhob, protestierte Emma und verlangte den nächsten Teil der Vorstellung. Adelina zog Emma weg, drehte den Wagen, bis das Kind den Mann nicht mehr sehen konnte, aber zum Glück kam ein Dalmatiner des Weges, das Kind war abgelenkt, und sie konnten los.

Eine ganze Weile, fast bis zum Wurststand, waren sie still, was Adelina mehr und mehr verunsicherte. Schließlich fragte sie ihn nach seinem Beruf, er wisse ja bereits, wo sie arbeite. Emil antwortete, er sei Freiberufler, Grafiker, mit eigenem Studio, nichts Weltbewegendes, zwei Angestellte habe er, wirklich eine kleine Sache, aber es genüge ihm, das sei ihm gerade groß genug, er habe andere Interessen als die Arbeit und wolle nicht sein eigener Sklave sein, und als Adelina wissen wollte, wie er sich an einem Wochentag für einen Spaziergang Zeit nehmen könne, fand sie sich kindisch und unsicher, und sie hatte das Gefühl, dass er im Geheimen schon nach einer Ausrede suchte, um einen Abgang zu machen, eine junge Mutter mit ihrer Gör, das war doch reine Zeitverschwendung.

An Emmas linker Sandale fehlte eine Schnalle. Mit Bindfaden hatte Adelina den Riemen angenäht, mehr schlecht als recht, und jetzt stach ihr die schlecht versäumte Naht ins Auge, die nackte Zehe ragte über die Sohle, und sie schämte sich für die Armseligkeit. Sicher war bald der Moment gekommen, an dem Emil unter einem Vorwand verduften würde, ein vergessener Termin, plötzliches Unwohlsein, irgendetwas. Er hatte doch längst begriffen, wie vergeudet die Zeit mit Adelina war, wie freudlos, und da half auch der linde Mainachmittag nicht und auch nicht die Plauderei, in die sie jetzt langsam rutschten. Emil erzählte von seiner Arbeit, vom Generalimporteur von FIAT, seinem wichtigsten Kunden, für den er die Drucksachen gestaltete, eine Arbeit, die ihn weder forderte noch beglückte, es war nur eine Möglichkeit, ordentlich Geld zu verdienen. Daneben hatte er seine Goldgrube, wie er meinte. Tankstellen, Kneipen, Bars, auch Adelinas Lokal, alle belieferte er mit Streichholzbriefchen oder -schachteln, wie man es wünschte, in der Farbe, die man sich wünschte, mit der Schrift, die man sich wünschte, er kümmerte sich um fehlerfreie und korrekte Gestaltung, gab das Gut zum Druck, und weil er bei einer Firma im Piemont herstellen ließ und die Lira gegenüber dem Franken schwächer wurde, machte er tüchtig Reibach. Das wäre ein ödes Geschäft, wenn es Italien nicht gäbe, er liebe das Land und die Leute und denke daran, sich einen Wohnsitz einzurichten, Mailand vielleicht oder Rivoli. Dann bat er sie, von sich zu erzählen. Der Vater tot, die Mutter zurück in der Heimat, das war alles, was sie sagen mochte, Toto erwähnte sie nicht, und auch nicht die Schulden, obwohl sie es einen Augenblick lang erwog, ohne Umschweife, mitten ins Gesicht, damit er wusste, was mit ihr los war. Aber was hätte es gebracht? Sie brauchte keine Betroffenheit, und sie brauchte auch kein Mitleid, noch nicht, auf Mitleid würde sie sich verlassen müssen, wenn der letzte Rest der Selbstachtung verloren war, wenn es weiter bergab ging wie bisher, von einem Loch ins tiefere Loch.

Emil stellte keine weiteren Fragen, und dann machte sich eine Stille breit, die sie weiter verunsicherte, weil ihn das Schweigen nicht zu stören schien, und sie hasste sich dafür, die Konversation nicht in Gang halten zu können. Emil nahm es ihr nicht übel, jedenfalls ließ er es sich nicht anmerken, aber gewiss langweilte er sich, ein Mann mit eigenem Geschäft, der hatte doch Besseres zu tun, als sich mit einer bankrotten Ausländerin abzugeben, Italienerin hin oder her.

Er müsse gestehen, sagte Emil dann, wie wenig er an all diesen geschäftlichen Dingen interessiert sei. Er mache seine Arbeit, er mache sie gut und arbeite hart, aber alles geschehe ohne Leidenschaft, ohne Feuer. Die Akquisitionsgespräche ödeten ihn an, dieser ganze Affentanz, den er um die Kleingewerbler zu vollführen hatte, diese Spießbürger, die nur in Franken und Rappen dachten, ausschließlich, ein Volk von Sparfüchsen und Rabattjägern, auch wenn er wisse, wie er den Köder würzen müsse, damit sie ihn schluckten. Was ihm persönlich gefallen würde, frage er sich nie, er begebe sich in die Haut des Kunden, übernehme ihre Sicht, ihren Geschmacksnerv, der in aller Regel verkümmert sei, wenn überhaupt vorhanden, was aber kein Problem darstelle, denn bei den Konsumenten sei der Geschmack ebenso unterentwickelt, und genau deshalb sei er erfolgreich, weil er sich dem untersten Niveau anpasse. Seine Kunst, seine Leidenschaft lebe er an anderer Stelle aus, bei anderen Gelegenheiten, er arbeite ausschließlich, um genug Geld zu verdienen für die Dinge, die ihm Spaß machten. Was das war, führte er nicht aus, aber Adelina konnte es sich vorstellen, wenn sie seine Schuhe sah, den sauberen Haarschnitt, die Breguet am Handgelenk. Sie sah die Falten in seinen Hosenbeinen, den Abdruck eines Ledersitzes, das geriffelte Polster, das sein Muster in den Stoff gedrückt hatte, ein englisches Modell vielleicht, ein MG oder ein Jaguar. Und gewiss fuhr er selten alleine, sie spürte, dass er den Umgang mit Frauen gewohnt war, keinen Druck hatte und warten konnte.

Emil hatte nie geheiratet. Ich bin dazu nicht gemacht, meinte er und strich sich eine Strähne aus der Stirn, nichts gegen das Heiraten an sich, gewiss gibt es glückliche Ehen, aber für mich ist das nichts, ich glaube nicht an die Liebe, verzeihen Sie, wenn ich so rede, nicht an diese Form der Liebe. Wie kann ein Mann von seiner Frau erwarten, dass sie kocht, putzt, die Kinder versorgt und gleichzeitig eine Königin ist? Wenn ich eine Frau liebe, dann soll sie sich schonen, ich möchte, dass sie nichts anderes tut, als um sich selbst zu kümmern. Ich will eine Frau bewundern, und als er das sagte, legte gerade ein Schiff vom Landungssteg ab, und der Kapitän zog das Nebelhorn, ein langes, tiefes Tuuut, das Adelina zusammenfahren ließ. Alles war so hohl wie der Klang der Schiffssirene, so lächerlich, und er hatte sich das zurechtgelegt, ausgedacht, sein Leben und seine Welt nach seinem Geschmack ausgestaltet, als sei er Herr über sein Schicksal, dabei nutzte auch er nur die schmale Lücke, die ihm die Leute ließen, begnügte auch er sich mit dem mickrigen Platz, den man ihm ließ, und diese Nische, in die er glänzend passte mit seiner existenzialistischen Pose, mit dem läppischen Trenchcoat, den spitzen Schuhen und dem Rollkragenpullover. Er war gut angezogen, er roch nach einem teuren Aftershave, er wusste, wo der Zaster zu holen war, und doch fand ihn Adelina in diesem Moment gewöhnlich, flach, ohne Geheimnis, ein kleiner Filou, der langsam dick wurde. Sie hielt es für möglich, dass dieser Emil ein Schurke war, einer, der sich nachmittags mit alleinstehenden Frauen traf, womöglich mit verheirateten. Was er wollte, war ihr klar, er wollte mit ihr nach Hause, ganz ohne Zweifel. Bald würde er es zur Sprache bringen, würde er sie in den Wagen packen, mit ihr irgendwohin fahren, zu sich, in ein Hotel, was ihm gerade zupasskam, er würde Emma ein Eis kaufen und sie vor einen Fernseher setzen, und dann würden sie es tun, ganz gewiss, das wollte er, und dann waren sie hinter der Badeanstalt, der See roch, die Möwen schrien, und die Bäume standen gleichgültig Spalier, während ein Pensionär mit Hut, ein Professor oder ein Beamter, keine zwei Meter von ihnen seine Lunge in ein Taschentuch hustete, und Adelina begriff mit einem Blick, dass er todkrank war, die Augen gelb und die Nägel schwarz, sterben musste er, vielleicht heute noch, alle mussten sie sterben, wenn nicht heute, dann gewiss morgen, Samstag oder nächste Woche. Aber man durfte nichts sagen, das auch nur im Ansatz einer Jammerei ähnelte, jammern war das Kapitalverbrechen, Selbstmitleid war verboten, schließlich lebte man in einer freien Gesellschaft, und wer durch den Dreck geschleift wurde und wer den Dreck fressen musste, der hatte es sich selbst zuzuschreiben. Adelina wollte ihre Rechnungen bezahlen, nichts weiter, sie wollte ihre Seelenruhe, am liebsten nichts mehr zu tun haben mit den Menschen, die Weltlage vergessen, den Preisverfall, die Inflation, die Gewerkschaften im Kampf für ein paar Franken mehr, die Unruhe, die jungen Leute, die wütend waren auf die alten Säcke, die Modewelt, die man studieren musste, weil sie vorgab, was begehrenswert war für ein paar Monate, die Psychotests in den Illustrierten, die Wohnungsausstattung, die Ausbildung des eigenen Geschmacks, all das musste ausgewischt werden, und vielleicht war die einzige Möglichkeit, um in dieser Welt zu überleben, Verbrechen, Betrug, Diebstahl, Verrat, Erpressung, Vergewaltigung, das hatte sie alles gesehen, nur der Totschlag fehlte, der Mord, und sie fragte sich, wo sie den Mut finden würde, den Schuldengnom oder den Vermieter oder auch diesen Lackaffen Emil aus dem Weg zu räumen, vielleicht in der Wut, in der Verzweiflung oder in der Hoffnung auf ein anderes Leben, und wenn dazu ein Messer oder ein stumpfer Gegenstand nötig sein würde, dann wäre auch das nicht ihre Schuld. Die Welt war so eingerichtet. Was ist mit Ihnen, Adelina, fragte Emil, bleiben Sie doch, aber da war sie schon weg, geflohen aus dieser Schmierenkomödie. Emma schlief, es war, als liege die ganze Welt in einer Ohnmacht.

Sie hasste sich nicht dafür, nicht am Quai, nicht an der Promenade und auch nicht, als sie endlich auf dem Weg nach Hause war, auch dort hasste sie sich nicht, nicht in der Trambahn, nicht, als sie den Wagen mit Emma alleine auf den Gehsteig tragen musste, weil niemand helfen wollte, nicht der geputzte Jüngling mit Krawatte und Rindsledertasche, nicht der Arbeiter mit der staubigen Kleidung, weil jeder wegsah, auch da hasste sie sich nicht, auch nicht, als sie in der Küche stand und mit etwas heißem Wasser einen Instantbrei anrührte und Emma ohne weitere Rituale oder Unterhaltung ins Bettchen steckte, wo die Kleine eine Viertelstunde protestierte, bis sie mit dem Quengeln aufhörte, kapitulierte und einschlief, auch nicht, als Vera kam, auch nicht, als sie im Badezimmer stand und sich frisch machte für die Arbeit in der Bar, auch nicht in der Bar, in der sie ihre Arbeit verrichtete, wie es sich gehörte, freundlich, mit einem gemalten Lächeln und flinken Händen, auch da überfiel sie dieses Gefühl noch nicht. Erst auf dem Heimweg, in den leeren Gassen eines gewöhnlichen Werktages, erst als sie den beiden Liebenden begegnete, die Hand in Hand nach Hause gingen und sich im Schatten eines Kandelabers umarmten und küssten, erst da erhielt sie den Faustschlag, erst da legte sich die Klammer um ihren Magen, dieses Gefühl, dieses Bewusstsein, wie verbittert sie war, wie unfähig, der Leichtigkeit und der Unbeschwertheit einen Spalt offen zu lassen. Sie hatte einem weiteren Menschen, der ein bisschen Zeit mit ihr verbringen wollte, die süße Seite des Lebens hatte teilen wollen, die Tür gewiesen, hatte ihn vertrieben mit ihrem Argwohn, mit ihrem Misstrauen, es würde nicht mehr lange dauern, und sie würde endgültig allein sein.

Und mit dieser Wut über sich selbst ging sie nach Hause. In jener Nacht träumte sie nichts, jedenfalls konnte sie sich an keinen Traum erinnern, es war, als wäre sie ein dunkles Loch gefallen, so erwachte sie am nächsten Morgen, und den ganzen Tag hindurch war sie mit den Gedanken irgendwo, beim Geld, beim Fruchthof, beim Schuldengnom, in der Fabrik, bei ihrem Vater, auf den sie wütend war, weil sie ihn gerade jetzt gebraucht hätte, wütend auch auf die Mutter, die sie im Stich gelassen hatte, und als Vicky anrief, war sie kurz angebunden, fertigte sie sie ab, und sie versank wieder im Mahlgang ihrer Gedanken. Ein paarmal dachte sie auch an Emil, und wenn sie ihn vor sich sah, schüttelte sie den Kopf. Sie wusch ab und fragte sich dabei, wie lange sie noch abwaschen musste, sie stopfte ein Loch in einer von Emmas Jacken und fragte sich, wie lange sie Löcher stopfen musste, sie zog sich um, und da wusste sie, dass die Tage der mondäneren Illusion bald vorbei sein würden und eine andere Arbeit auf sie wartete, und als sie in der Bar war, verrichtete sie auch diese Arbeit in graue Gedanken versunken, und als sie einmal aufsah, stand Emil vor ihr.

Sie erschrak, als würde sie einen Toten sehen, ein Gespenst aus einer längst vergangenen Zeit. Er wollte nichts trinken, er war blass und schien übernächtigt, sein Gesicht fahl, der Mund rot wie mit Lippenstift bestrichen, und dann begann er, auf sie einzureden, und Adelina verstand eine Weile nicht, dass er von ihr sprach. Sie glauben wohl, meinte er, Sie glauben, ich würde spielen, Sie glauben, ich sei ein unernster Mensch, und ich kann Ihnen versichern, Adelina, ein Leben lang bin ich auf Menschen getroffen, die mich für einen Leichtfuß hielten und die mich unterschätzten. Und glauben Sie nur nicht, ich hätte keinen Gewinn daraus geschlagen. Was ich bin, das bin ich nur, weil man mich für einen Mann ohne Tiefgang hält, und ich beklage mich nicht, aber ich war so dumm zu glauben, Sie wären anders, Adelina, Sie würden etwas anderes in mir sehen. Habe ich mich geirrt? Warum haben Sie mich stehen lassen?

Sie hatte keine Lust, ihm zu antworten, das klang alles so lächerlich und unecht, als habe er sich die Worte aus irgendwelchen Filmen zusammengestohlen und für den richtigen Moment bereitgelegt, aber vor allem fand sie Emil unverschämt. Hier aufzutauchen, in der Bar, an ihrem Arbeitsplatz, wo sie nicht fliehen konnte, wo sie gezwungen war, Haltung zu bewahren und sich diese jämmerlichen Monologe anzuhören. Wenn dieser Mensch in die Bar kam, dann würde er auch wie in einer Bar behandelt werden. Ohne weiteren Kommentar stellte sie ein Glas vor ihm auf den Tresen und schenkte den üblichen Wein ein.

Sie bereute es im selben Augenblick, im Moment, da sie sah, wie sich sein Gesicht verzog, eine Beleidigung, eine Kränkung, auf die er nicht vorbereitet war. Voller Verzweiflung schaute er sie an, dann schnäuzte er sich in die Finger, nahm das Glas, als wolle er sagen, na bitte, wenn Sie es so haben wollen, und in einem Zug leerte er es, stellte es hart zurück auf den Tresen und sagte: noch eins.

Adelina schüttelte den Kopf, wollte ihm zu verstehen geben, dass sie es nicht so gemeint hatte, aber er missverstand sie, glaubte, sie verweigere ihm seine Bestellung, und plötzlich war Wut in seinen Augen, Wut, die ihr Angst machte, und weil sie nicht wusste, wie sie Emil sonst hätte besänftigen können, schenkte sie nach. Sie konnte nicht weg, nicht aus der Bar, aber ihren Platz hinter dem Tresen konnte sie für einen Moment verlassen, vielleicht würde er sich dann beruhigen. Sie nahm den Kübel und den Lappen, um die Aschenbecher zu leeren und die Tische zu putzen, dabei waren an jenem Abend kaum Gäste da. Nur eine angejahrte Dame mit toupiertem Haar wartete gemeinsam mit dem vierten Martini auf jemanden, der niemals kommen würde. Mit kleinen, säuberlichen Schlucken betrank sie sich und rauchte eine Zigarette nach der anderen. Gelegentlich warf sie einem Beamten im Ruhestand, der drei Tische weiter saß, ein paar Worte zu, aber die Sätze verwehten auf dem Weg zu ihm, fielen zwischen die Stühle, fielen zu Boden und wurden nicht wieder aufgehoben. Adelina wollte mit ihr eine Plauderei anfangen, damit sie nicht gleich wieder hinter den Tresen musste, aber die Frau plapperte blödsinnig, ja, ja, so ist es eben, sagte, da muss man eben vorher schauen, und da begriff Adelina, dass die Alte bereits im Delirium, in der Blödsinnigkeit ihres Rausches verloren war.

Da packte sie das ganze Elend, keine Gereiztheit mehr, kein Ärger, eine uferlose Trauer befiel sie, und es war nun ganz gewiss, dass diese Sache, was immer auch die Sache sein mochte, ein übler Mittwoch Ende Mai oder auch ihr ganzes Leben, dass diese Sache jedenfalls übel enden würde.

Emil hatte das Glas nicht angerührt, er hatte es stehen lassen und auf sie gewartet, er hatte sich beruhigt, das wohl, aber seine Wut war nicht weniger geworden, er hatte sie gesammelt, zu einem Geschoss gebündelt, und sein Mittel, um den nächsten Angriff zu führen, war wiederum das Glas, das er wiederum in einem Zug leerte. Doch dieses Mal setzte er es sachte ab, hob es, nachdem er es bereits auf den Tresen gestellt hatte, erneut an, wie um sich zu vergewissern, dass es sicher stehe, erst dann ließ er den Stiel los, mit einem leichten Seufzen, wie Adelina zu hören meinte, jedenfalls atmete er aus, erschöpft von seiner Wut, und da fand sie ihn auf einmal ganz scheußlich anziehend, und es war nicht die Bardame, die Emil ansah, es war Adelina, die sich verliebte, in diesen Menschen, der gegen seine Verzweiflung und gegen seine Verlorenheit kämpfte. Ob er nun eine Geliebte besaß oder nicht, ob nun zwei Cabriolets in seiner Garage standen oder nicht, es fehlte ihm doch etwas, was er zum Leben brauchte. Als hätte ihm ebendieses Leben eine Wunde geschlagen, aus der beständig Blut tropft, als verlöre er mit jedem Atemzug seine Lebenskraft und wollte sie ersetzen mit dem Wein, das Blut auffüllen, ein Matrose, der das Land ersehnt, die Küste, ein Häftling, der jenseits der Stäbe die Freiheit erblickt und sie nicht greifen kann, weiß, dass er sie niemals wird greifen können, ein Mensch an einer Kette, eine Seele im Goldfischglas, und da trank er sein Glas, er schien genug zu haben, er schrieb eine Adresse auf einen Zettel, schob ihn über den Tisch. Falls Sie es sich anders überlegen sollten. Dann war er verschwunden.

Zu Hause fand sie im Briefkasten die Kündigung. Die Münger hatte zwei Zeilen geschrieben, aus betrieblichen Gründen müsse das Arbeitsverhältnis per Juni aufgelöst werden, eine Bar sei schließlich kein Kinderspielplatz.

Im Hotel Nova-Park gibt es sonntags Programm. Das Haus liegt draußen beim Stadion, hinter dem Schlachthof. Der Brunch beginnt um neun Uhr. Erwachsene kosten zwölf Franken, die Kinder die Hälfte. Die Direktion verspricht Hochgenüsse à discretion. Um elf Uhr zeigen sie einen Farbfilm über Marokko, anschließend erzählt eine Journalistin von ihren Reisen durch das Land, von den Haschischbauern, den Teppichknüpfern und wie die Frauen in Marokko leben. Der Audiovisionsclub veranstaltet ein Ferienfilm-Festival, und «Los Sud Americanos» spielen zum Tanz auf. Aber vor allem gibt es bis elf Uhr nachts ein Babysitting, wo die Gäste ihre Kinder abgeben können. Adelina braucht eine Pause. Und wenn es nur ein Tag ist. Es wird sie einen Zwanziger kosten. Davon essen sie eine Woche, aber sie hat Freitag gutes Trinkgeld gemacht. Sie braucht diesen Sonntag für sich. Sie wird verrückt, wenn sie jetzt nicht durchatmen kann. Kurz nach zehn stehen sie in der Lobby, und Adelina fühlt sich vom ersten Augenblick an falsch, sie sieht, sie wird hier nicht erwartet, das Angebot gilt nicht für sie, aber vor allem hat sie keine Reservierung und stellt sich in die Schlange.

Die Gäste erscheinen in Paaren und in Kleinfamilien, ein Männchen, ein Weibchen, die Herren im Sonntagsstaat, die Frauen mit frisch toupierten Haaren. Der Angestellte, ein fescher Kerl in blauem Anzug mit Fliege, rümpft die Nase. Er bittet aufrichtig um Verständnis, aber leider hat er keinen Tisch frei. Adelina begreift sein Problem. Eine dreiköpfige Familie umfasst zwei Vollzahler und einen Halbtarif. Das rechnet sich, vor allem die Väter, die das Buffet auslassen und den alkoholischen Getränken zusprechen, die natürlich im Preis nicht inbegriffen sind, füllen die Kasse. Eine ausgehungerte Mutter mit Balg, dazu von dieser Sorte, die frisst die Töpfe leer. Die Leute hinter ihr werden schon unruhig, und als einer eine Bemerkung macht, was los sei, ob das hier Italien sei, legt Adelina ihren Zwanziger auf den Tisch, aber der Angestellte schüttelt den Kopf, und erst als sie einen weiteren Zehner dazulegt, schiebt er ein blaues und ein rotes Armbändchen über den Tresen. Fürs Orchester müsse sie dann aber extra bezahlen, blafft er, dann winkt er sie durch.

Im Restaurant hängt schon der Alkohol in der Luft, ein Gewusel, ein Lärm, nur der blaue Teppichboden dämpft das Getrampel der Besucher, die sich in Herden zwischen dem Buffet und ihren Plätzen bewegen, beladen mit gefüllten Tellern, russische Eier, Beinschinken und Bauernbrot. Die Herren hinter Bierkrügen und Weinflaschen, über den Tischen steigt Rauch auf. Adelina streicht der Kleinen ein Brot, lässt Kakao und Kaffee bringen, dreißig Franken für ein Stück Käse mit Brot und Konfitüre, ein Wahnsinn, was hat sie sich nur dabei gedacht. Emma lässt die Hälfte des Tellers liegen, quengelt, will raus aus dem Lärm und dem Qualm. Zeit, dass sie das Kind loswird.

Man weist sie auf die Etage. Emma ist das erste Kind und mit der Babysitterin, einer Schülerin mit roten Locken, alleine. Adelina spürt einen Stich, fühlt sich ertappt, aber Emma scheint es nicht zu stören, dass sie das einzige Kind ist, sie stürzt sich auf die Puzzles und hat die Mutter im nächsten Augenblick vergessen. Vom Ende des Ganges hört Adelina eine Stimme.

In einem halb besetzten Vortragssaal berichtet eine Frau von ihren Reisen in den Maghreb. Es sind nicht die Reiseschilderungen, die Adelina in den Bann ziehen, nicht die Probleme einer alleinreisenden Frau mit den Männern, nicht das pralle Leben in Rabat und in Casablanca, nicht die Drogen, nicht die Dichter und die Showgirls, es ist diese Frau, Ende vierzig, ledig, kinderlos, klug, charmant, elegant, weltläufig, mit einem Leben zwischen Flughäfen, Hafenstädten und Kamelsafaris, eine Frau, die an zweihundert Tagen im Jahr unterwegs ist, daneben eine Redaktion leitet, vier Sprachen beherrscht, keinen Mann braucht und an diesem Sonntag achtzig Nasen unterhält mit ihren Geschichten, mit ihren Berichten, mit ihrem Wissen, souverän, witzig. Adelina fragt sich, wie hoch ihr Honorar sein mag für diese knappe Stunde Vortrag, zweihundert vielleicht, ein guter Wochenlohn. Neben der Bühne ein Tisch, darauf ihre Bücher, Reiseberichte, nicht nur aus dem Maghreb, auch aus Indonesien, Burma, Thailand, Länder, die Adelina aus dem Weltempfänger kennt. Es sind keine ihr gänzlich unbekannten Orte, sie weiß von Mao und seinen Verbrechen, sie weiß, was in Burma geschieht und wer die Roten Khmer sind. Aber sie hat nie daran gedacht, dass man in diese Länder reisen kann, dass es überhaupt möglich ist, sie zu besuchen, und jetzt sieht sie diese Frau, kein überirdisches Wesen, es ist eine Frau, die als Angestellte, als Lehrerin durchgehen würde. Sie hat ein Leben, eine Biografie, sie erzählt ihre eigene Geschichte, die manchmal die Weltgeschichte berührt, wenn sie von den Sahrauis spricht, deren Vertreter sie in Casablanca zum Gespräch getroffen hat und deren Standpunkt im antikolonialen Kampf sie in den Stumpenrauch referiert, während ein

Mann ohne Hals in der dritten Reihe leise schnarcht und Adelina lauscht, wie die Frau mit der Staatspolizei hinaus auf die Kif-Felder der Berber gefahren ist, um eine halbe Tonne Haschisch zu verbrennen. In einem Jeep ist sie gefahren, in den Zelten der Nomaden hat sie geschlafen, den Himmel über der afrikanischen Wüste gesehen. Die Damen und Herren in den Reihen langweilen sich und werden den Vortrag noch vor dem Mittagessen vergessen haben. Natürlich: Sie haben ein Gehalt, können in den Urlaub fahren, aber Adelina trifft dieser Vortrag wie eine Verspottung, als würde man ihr einen Katalog reichen, mit all den Destinationen, die sie nie besuchen wird. Adelina, das begreift sie, wird nie etwas erleben, das auch nur in die Nähe dieser Abenteuer kommt. Ihre Finger sind fettig vom Käse. Der Kerl schnarcht lauter. Sie bekommt keine Luft, muss raus, steht an der frischen Luft.

Ein freundlicher Maisonntag. Schwatzende Frauen. Von fern hört man die Zwei heranquietschen. Die Frauen setzen sich in Bewegung, rennen Richtung Haltestelle. Adelina folgt ihnen aus einem Impuls, läuft quer über die Fahrbahn, die Tram fährt heran, hält, alle hinein, die Türen schließen, die Zwei fährt an, am Nova-Park vorbei, wo sie durch die Scheibe die Leute sieht, wie sie sich im Audiovisionsclub um die Bildschirme fläzen.

Adelina verbringt einen Tag in der Hölle. Sie rennt durch die halbe Stadt, und was eine Erholungspause hätte werden sollen, wird zu einem Albtraum. Sieben

Teufel sind hinter ihr her. Sie flieht, solange es geht, sucht einen Ausweg aus diesem Sturm der Angst, der in ihrem Magen wütet. Sie sieht Emils spöttisches Grinsen, die gelben Zähne des Vermieters, die bösen Augen hinter den getönten Brillengläsern im Gesicht des Schuldengnoms, die ihr dabei zuschauen, wie sie über den Abhang rutscht, der steiler und steiler wird, und wohin sie ihren Blick auch richtet, nach einer Sekunde ist sie zurück in der Angst. Ihr Geist sucht verzweifelt einen Ausweg aus dieser Panik und heftet seine Aufmerksamkeit an die seltsamsten, nebensächlichsten Dinge: eine verlauste Taube, eine Zeitung, die über die Straße weht, eine Kühlerfigur. Zu jedem Bild formuliert der Geist einige Worte: arme Taube, schmutzige Stadt, schönes Auto, als wolle er sich ablenken, als wolle er sich zwingen, nicht in diesen Mahlgang zu rutschen, nicht zwischen die Steine zu geraten, die jede Vernunft und jede Hoffnung zerreiben und zermalmen, und der nächste Gedanke verschwindet im gleichen Wirbel, kippt in die Not, stürzt in Adelinas Magen, dessen Wände sich konvulsivisch bewegen. Was tut sie nur? Wie unvernünftig kann man sein? Dreißig Franken für ein Frühstück, die Rate nicht bezahlt, keine Stelle, in ein paar Wochen wird sie auf der Straße stehen, aber sie gibt ihr letztes Geld für eine Sonntagsvergnügung aus. Hast du endgültig den Verstand verloren? Wie blöd kann ein Mensch sein? Du brauchst keine Pause, du brauchst eine Lösung, und wenn du so weitermachst, dann verlierst du nicht nur deine Wohnung, du wirst dein Kind verlieren, oder ist dir das egal? Du wünschst dir Ruhe, aber es gibt keine Ruhe, nicht bevor du die nächste Miete aufgetrieben hast. Warum rufst du nicht den Vermieter an, warum nimmst du nicht endlich sein Angebot an? Was ist schon dabei? Bist du dir zu gut dafür? Hältst du dich für was Besseres? Mehr hast du aber nicht zu bieten? Was kannst du verlieren, was du noch nicht verloren hast? Deinen Stolz? Dein Stolz hat dich doch erst in diese Lage gebracht. Achtung? Achtung ist etwas für Leute, die ihre Rechnungen bezahlen können, all diese Ideen, die du in deinen Kopf gelassen hast, diese Vorstellungen von einem würdevollen Leben, woher kommt das eigentlich? In dieser Welt musst du Handel treiben, und das Einzige, was du anzubieten hast, ist nun mal dein Hintern. Jetzt geh halt in diese Telefonkabine und ruf den Mann an, er ist der einzige Mensch auf der Welt, der etwas von dir will. Du bist dazu verpflichtet, du hast ein Kind, glaubst du, die kleine Emma kümmert es, wenn du eine halbe Stunde dem Vermieter zur Verfügung stehst? Sie braucht ein Dach über dem Kopf, Essen auf dem Tisch. Auf deine Eitelkeit kann sie verzichten. Aber ich kann nicht, ich kann nicht zu diesem Vermieter, ich sterbe, wenn ich es tue. Alle müssen sterben, Adelina, alle, auch du.

Sie läuft weiter, baut ihre Angst mit Bewegung ab, zum Schlag einer Trommel, die erbarmungslos den Takt angibt, so lange, bis sie sich in eine Rabatte mit samtblauen Primeln erbricht. Da erst hat sich der Geist erschöpft.

Zurück im Nova-Park schleppte sie sich auf die

Etage, und als sie Emma in die Arme nahm, hielt sie das Schlimmste für überstanden. An diesem Sonntag würde nichts mehr geschehen. Für die nächsten Stunden würde sie sich in ihr Loch verkriechen und dort bleiben, solange man es ihnen nicht weggenommen hatte. Eine Nacht lang würde man sie in Ruhe lassen. Allein die Träume konnten sie heimsuchen, aber sie war so müde und matt, dass sie trotzdem schlafen würde. Und so kamen sie zu Hause an, Emma war im Wagen eingeschlafen, Adelina trug das schwere Kind ins Bett, zog sich aus, wusch sich, putzte sich die Zähne und vermied den Blick in den Spiegel.

Für das, was nun geschehen sollte, für die vorläufige Rettung, trug sie die richtige Garderobe, ein Nachthemd aus leichtem Flanell, mit einer blauen Bordüre, die Adelina gestickt hatte, als sie daran noch Freude fand, siebzehn Albatrosse, die im Flug nach siebzehn Fischen schnappen, aber entscheidend war, wie diese Bordüre auf ihren Oberschenkeln lag und das Nachthemd keine Ärmel, dafür einen ausgeleierten Ausschnitt hatte, und als sie die Geräusche im Treppenhaus hörte und als der Schuldengnom vor ihr stand, als sie ihm sagte, sie habe kein Geld, da reagierte er überhaupt nicht darauf, er glotzte Adelina an, ihre Schönheit, ihre Jugend, ihre Anmut. Er stand mit offenem Mund in der Tür, seinen ewigen Hut in der einen Hand, und mit der anderen fuhr er sich über die Glatze. Er wirkte beschämt, fast hilflos, schwach und fand seine Grobschlächtigkeit nicht mehr, auch nicht, als hinter ihm im

Treppenhaus jemand erschien, mit dem sie nicht mehr gerechnet hatte.

Gott sei Dank, da bist du ja, sagte Emil, und seine Stimme klang weder wütend noch aufgebracht, obwohl er drei Stunden im Wagen gesessen hatte, bevor in der Wohnung das Licht angegangen war.

Emil und der Schuldengnom begrüßten sich, vereint in ihrer Bewunderung für die Frau, die mit feuchten Haaren und im Nachthemd in der Tür stand, zwei Komplizen, die einen Augenblick später in der Küche darangingen, die Beute zu teilen. Der eine erklärte dem anderen die Sachlage, der andere hörte zu, stellte eine Frage, flüsternd, ruhig, ernsthaft, sie wählten die Worte genau. Adelina hörte Zahlen, die sich die Männer zuschoben, sie hörte den Betrag ihrer Schuld, sie sah, wie Emil nickte und wie der Schuldengnom eine Schippe drauflegte, für die Zinsen, die ihm entgehen würden, für die Kuh, die er nicht mehr würde melken können. Das Mädchen, das sehe man, das sei ein heißes Stück, und Emil nickte, und als der Schuldengnom nicht einschlug, hörte Emil auf zu nicken, schaute dem Schuldengnom in die Augen, nannte eine Zahl, schwieg und wartete. Da zögerte der Gnom einen Moment, zog die Hand aus seiner Hosentasche, Emil schlug ein, sie schlossen den Handel, und Adelina war verkauft.

Der Gnom stand auf und ging. Da war Adelina alleine mit Emil, und er nahm ihre Hände. Das sei ja gerade noch einmal gut gegangen, und für heute sei es genug, und ob sie eine Brühe habe? Sie verstand nicht, was er meinte, er sagte, sie sehe schrecklich aus, blass und krank, sie müsse etwas essen, und er öffnete den Kasten und suchte, bis er einen Würfel fand. Er kochte Wasser, löste die Brühe auf und goss sie in die Tasse mit den Elefantenohren. Da blieb sie stehen und wurde kalt, denn kaum war Emil verschwunden, löschte Adelina das Licht und verzog sich in die Dunkelheit. Das war die Rettung dieses Tages, aber sie war zu müde, zu erschöpft, und statt Erleichterung zu empfinden, fiel sie in einen Schlaf, der einer Ohnmacht glich, schwarz, traumlos.

Emil kam früh am nächsten Morgen wieder, er brachte Brötchen und Orangen, aber Adelina wollte nicht essen. Er ließ sich alles erklären, das ganze Elend, in das sie geraten war. Was machst du für Sachen, sagte er, lässt dich mit diesen Leuten ein, Verbrecher sind das, Halsabschneider, sechzehn Prozent Zinsen, das ist Wucher. Adelina verzichtete darauf, es ihm zu erklären, die Ausweglosigkeit, die Verzweiflung, die Sorge um das Kind, denn natürlich hatte Emil keine Ahnung, wie sich dieser Schraubstock anfühlte. Sie schämte sich vor ihm, aber er lächelte, strich ihr über die Wange, und dann sagte er, jetzt stehe erst einmal an, Ordnung in der Buchhaltung zu schaffen.

Sie setzten sich an den Tisch und gingen die offenen Rechnungen durch. Adelina schämte sich, als würde sie nackt vor Emil stehen, als würde er sie von allen Seiten betrachten, durchleuchten, aber die Diagnose, so sagte er, sei notwendig, sonst könne es keine Therapie geben. Tatsächlich war die Zahl, die nach zwei Stunden zusammenkam, Furcht einflößend, aber nur für Adelina, nicht für Emil, im Gegenteil, er schien an dieser Examination Gefallen zu finden, jedenfalls war er hartnäckig und zerrte eine weitere Ziffer, die Adelina lieber vergessen hätte, ans Tageslicht. Und als wirklich alles auf dem Tisch lag, da sagte er, nun also los, dann wollen wir, und sie gingen auf das Postamt, und Emil beglich Adelinas Schulden, restlos, auf Franken und Rappen.

Emil war nicht dumm, er war schlau, die ausstehenden Mieten hatte er nämlich nicht beglichen, das tat er erst, als Adelina die fristlose Kündigung erhielt. Zuerst müsse sie ihre Ausgaben überprüfen, und der größte Posten, das sei gewiss die Wohnung. So spart man Kosten, meinte er, und weil Adelina trotzdem eine Bleibe brauchte, zog sie zu Emil, vorübergehend, wie er meinte, bis sie finanziell wieder auf gesunden Beinen stehe, dann werde man sehen. Er räumte zwei Zimmer in seiner Wohnung an der Ankerstrasse, in einem Geschäftshaus, in dem er das ganze dritte Stockwerk belegte. Den einen Flügel nahm das Studio ein, mit eigenem Eingang, wo Emils Angestellte ein und aus gingen. Da wurden die Prospekte und die Streichhölzer umgeschlagen, aber Adelina bemerkte wenig von diesen Geschäften. Der Wohnbereich befand sich im anderen Flügel, auch die beiden Zimmer, die sie mit Emma bezog. Sie waren miteinander verbunden, gingen gegen Norden, und man sah den Himmel nicht, nur die Abluftrohre der Nachbargebäude.

Emil hatte viel zu tun, tagsüber sah sie ihn selten. Abends saß er im Salon, trank Wein und legte Platten auf, und manchmal wagte sich Adelina zu ihm, setzte sich in die Ecke einer Couch, trank ein Glas, Emma irgendwo, sie fühlte sich fremd, es war nicht ihr Zuhause, sie wagte kaum, etwas anzufassen, aber es ging ihr nicht schlecht, jedenfalls nicht schlechter als vor ein paar Wochen.

Den unerträglichen Druck, der sie in die Knie gezwungen, den Schlaf und jede Freude genommen hatte, hatte Emil von ihr genommen, er hatte sie und Emma gerettet, und darüber hinaus besaß Emil viele Vorzüge. Er war ordentlich, vernünftig, er war geduldig mit Emma, die er auf den Spielplatz mitnahm und zum Arzt brachte. Seine Kraft lag in der Beständigkeit. Jeden Morgen kam er in einem frischen Rollkragenpullover und einem passenden Jackett in die Küche und trank im Stehen seinen Kaffee. Dann setzte er sich bis zehn Uhr ans Telefon und führte Gespräche mit Lieferanten, Transporteuren, Zollbehörden, Reklameabteilungen. Er organisierte und koordinierte, die Gestaltung und die Druckvorstufe überließ er den beiden Gesellen, zwei alterslose Gestalten, die an Leuchtpulten saßen, zuverlässig die Aufträge abarbeiteten, pünktlich erschienen und pünktlich verschwanden.

Er begriff bald, was Adelinas Schwäche war. Zuerst konnte er es kaum glauben, er hielt es für einen Skandal, dass jemand von der Schule abgehen konnte, ohne schreiben und lesen zu lernen. Er sprach ein bisschen oft von dieser Sache, und wenn er sprach, dann sprach er lange, hielt Vorträge über die Gründe, die er nur zum kleinen Teil bei Adelina fand. Sie hätte sich anstrengen, sich wehren und auf ihrem Recht bestehen müssen, und ein Recht war es, keine Frage, schließlich gebe es eine Schulpflicht, und die beinhalte eine Verantwortung für jeden Schüler und sogar für Schülerinnen, gerade für die Schwachen. Und deshalb, bei allen Vorwürfen, die man Adelina machen könne, sei es ein Versagen des Staates, und es sei kein Wunder, treffe es die Ausländerinnen zuerst, die Fremden. Adelina wollte protestieren, sie war keine Fremde, warum auch, sie war hier zu Hause, in dieser Stadt aufgewachsen, genau wie Emil auch, aber sie unterbrach ihn nicht und ließ ihn reden und weiter seine Theorien entwickeln, denn wie man es drehen und wenden mochte, so musste sie doch zugeben, dass er, Emil, im Gegensatz zu ihr lesen, schreiben und vor allem rechnen konnte.

Die ganze Sache wurde zu seinem Steckenpferd, er informierte sich, denn bleiben könne dieser Zustand nicht, da müsse er etwas unternehmen, und wenn einem Menschen das Leben eine Aufgabe stelle, dann habe er diese anzunehmen. Nicht auszudenken, was geschehen wäre, wenn er Adelina nicht aus diesem Sumpf gezogen hätte, und deshalb brachte er eines Tages eine Fibel mit, einen Schreibkurs für Erwachsene. Jetzt gebe es keine Ausrede mehr, meinte er, und so setzte sich Adelina morgens eine Stunde und nachmittags eine Stunde hin und machte ihre Übungen. Es fiel ihr nicht leicht, es blieb ein Kampf, aber bald las sie die kurzen Texte in Großbuchstaben flüssig und fast fehlerfrei. Mit dem Schreiben war es eine andere Sache, der Stift blieb nicht zwischen ihren Fingern, die Spitze brach, sie hasste es, aber sie blieb dabei, sie wollte Emil, der ihre Fortschritte kontrollierte, nicht enttäuschen. Sie war dankbar und wollte sich erkenntlich zeigen für das Leben, das er ihr und Emma ermöglichte, aber sie liebte diesen Mann nicht.

Wenn Emil die Wohnung verließ, war sie erleichtert, und kaum schloss er die Tür, hatte sie ihn vergessen, nicht ein Gedanke begleitete ihn, er war einfach nicht mehr da. Und wenn er zurückkam, erschrak sie von seiner Stimme und fühlte sich gestört.

Sie redete sich ein, ihre Gefühle würden sich entwickeln, sie müsse nur geduldig bleiben, und sie gab sich Mühe, ihn das nicht spüren zu lassen, es gelang ihr auch. Emil bemerkte nicht, wie unangenehm Adelina seine Gegenwart war, es störte ihn nicht, dass sie sich nicht für ihn interessierte, und selbst wenn sie falsch war, ihm eine Komödie vorspielte, bemerkte er es nicht. Sie hatte sich ein Gelübde gegeben, sie würde mit diesem Mann nicht ins Bett gehen, nicht, bevor sie bei Emil die Schulden beglichen hatte, und das war zu einem Teil ihrer Selbstachtung geschuldet. Sie wollte ihr letztes Pfand nicht hergeben, denn hätte sie mit ihm geschlafen, dann hätte er das Interesse verloren, und wenn sie erst einmal nicht mit ihm schlief, dann müsste er warten, und während er wartete, würde er für sie sorgen, nicht für sie, für Emma würde er sorgen, und das war das einzig Wichtige.

Die Kleine hatte eine Kameradin gefunden, auf dem Spielplatz, ein dickes Kind in Wollstrümpfen, ein Mädchen mit einem runden, freundlichen und blöden

Gesicht, der Frau ähnlich, die bei ihm war, eine ältliche Schweizerin mit Kopftuch und Kreuz um den Hals. Es war die Schwester der Mutter, die gestorben war an einem Krebs, vor anderthalb Jahren, dahingerafft in sechs Monaten, und jetzt kümmerte die Tante sich um das Mädchen, für das sie keine Liebe empfand, das spürte Adelina, bloß Pflichtgefühl, und es gefiel ihr nicht, wie Emma sich mit dem Mädchen anfreundete, wie sie nach Sandra verlangte, bis diese tageweise an ihr klebte, eine hässliche, unglückliche Wahlschwester. Aber es ging ihr ja gut damit, dachte Adelina; alle brauchen einen Menschen, der ihnen nahe ist, und das galt auch für Emma, für dieses frühreife Kind, sie verstand nur nicht, warum es ausgerechnet diese Sandra sein musste, eine Waise, der Tod hatte sie schon berührt, das war es, was Adelina Angst machte, der Gedanke, es könne ihr gleich ergehen wie dieser armen Mutter, von einem Moment auf den anderen könne sie einen Knoten entdecken, die Diagnose, das Urteil. Wer würde sich um Emma kümmern? Sie hatte niemanden auf der Welt, keine fromme Schwester, und gewiss würde sich auch ihre eigene Mutter nicht um die Enkelin sorgen, aber jeder Gedanke an ihre Mutter machte sie bitter, ein Gefühl, das sie schon um fünf Uhr nachmittags zur Flasche mit dem Wermut greifen ließ, die im Kühlschrank stand. Sie schimpfte sich einen Angsthasen, und sie nahm sich vor, nicht im Selbstmitleid zu versinken. Sie hatte eine Neigung, sich die Dinge schwarzzumalen, obwohl ihre Situation sich verbessert hatte, ohne Zweifel. Daran musste sie sich halten, an die beständige

Verbesserung ihrer Lage, an die Fortschritte. Es würde Rückschläge geben, keine Frage, und einige würden sie unvorbereitet treffen. Sie trank noch ein Glas, ein drittes, dann legte sie sich mit einer Illustrierten ins Bett. Emil hatte sie mitgebracht, um sie anzuspornen, damit sie etwas Rechtes lese und sich nicht mit den albernen Geschichten aus dem Lesebuch langweile.

Es war eine Illustrierte für die ganze Familie, wie es auf dem Titel hieß, mit vielen bunten Bildern, und weil der Sommer nahte, stellte man auf sechs Seiten die aktuelle Bademode vor. Eine Frau, hingestreckt an einem tropischen Strand, ihr Körper halb im Wasser, in der Brandung, das Gesicht der Sonne zugewandt, die Augen geschlossen, um den Hals eine Korallenkette, daneben eine achtzeilige Legende, die Adelina mühelos entzifferte. Crevettenrosa, sexy, aus superleichtem Material, ein Zweiteiler für Mädchen mit schlanker Taille, nicht allzu viel Busen und langen Beinen. Weiter hinten im Heft, nun in Schwarz-Weiß, standen ein Mann und eine Frau vor einer Gerichtsbank, im Hintergrund, verschwommen, die Schöffen in schwarzen Talaren. Der Mann trug dicke Koteletten, Manschettenknöpfe und eine goldene Uhr, die Frau daneben halb so alt wie er, blond, verängstigt, mit einem verzweifelten Blick in seine Richtung. Darunter, in einem Kasten, das Porträt einer anderen Frau, und diese Frau war tot, und die beiden auf dem großen Bild waren ihre Mörder. Adelina las von den Kindern, die in einem Waldgebiet am Königsstuhl in Heidelberg eine nackte, stark verweste und zerfressene Frauenleiche gefunden hatten – ohne

Gesicht. Adelina schlug das Heft zu, legte es weg, aber da sie nie etwas Ähnliches gelesen hatte, brannten sich ihr die Worte ins Hirn, den ganzen Abend kehrten ihre Gedanken zu dieser Zeitschrift zurück, und in der folgenden Nacht suchten die Bilder sie in ihren Träumen heim, ein Wald, zwei Kinder, kleine Finger, die in den Löchern einer zerfressenen Frauenleiche im crevettenrosafarbenen Zweiteiler pulten, dazu das Geräusch einer ewigen Brandung, die ohne Unterlass Leichen an den Strand spülte. Sie erwachte, ihr Herz raste, sie ging in die Küche, trank ein Glas Wermut, und da lag die Illustrierte neben dem Bett, und die Frau auf dem Titelbild glotzte sie an, und Adelina warf sie in den Kübel, diese Zeitschrift für die ganze Familie.

Emil erschien im Spalt der Tür, Adelina wimmelte ihn ab, er murrte, sie löschte das Licht, blieb wach, die Buchstaben wirbelten durch ihre Gedanken, ein Sturm aus Vokalen und Konsonanten, und als der Schlaf sie forttrug, brachte er schwere Träume ohne Bilder oder Erkenntnis, nur die dumpfe Wiederholung ihrer Ängste.

Der Morgen war schrecklich, sie fühlte sich gerädert, es war der Wermut, der ihr nicht bekam, sie würde ganz gewiss davon lassen müssen, und nachmittags stand sie am Kühlschrank und schenkte sich ein Glas ein, es war kurz nach vier. Sie konnte es sich hinterher nicht erklären. Es gab keine Bewegung, sie war der Gefahr entronnen, dem Kampf, und jetzt saß sie in der Etappe, eine stillgelegte Kriegerin, die nichts mit sich anzufangen wusste. Die Illustrierte meinte, es sei genau richtig so, und sie solle ihren Blick der Inneneinrichtung oder einer Handarbeit zuwenden, der Verschönerung des Alltags, der einen Strauß an Möglichkeiten bot, wie sich eine junge Frau zerstreuen konnte.

Ihrem Gelübde blieb sie treu. Emil ahnte nichts davon, und es schien ihn auch nicht zu kümmern. Er drängte Adelina nicht, er forderte nichts, war nicht anzüglich, es gab keine Berührung, nicht einmal eine unabsichtliche, und Adelina gelangte zu dem Schluss, dass der Mann überhaupt nicht an ihr interessiert war, was sie auf eine Weise, die sie nicht verstand, kränkte.

An einem Nachmittag kaufte sie in einer Boutique hinter dem Bahnhof ein Paar schwarze Stiefel mit Absatz, gewagt, wie sie fand, als sie zu Hause vor dem Spiegel stand, zu frivol, um sich damit auf die Straße zu wagen. Emil liebte diese Stiefel, natürlich, wie konnte es anders sein, er überhäufte Adelina mit Komplimenten, was ihr trotz allem gefiel, bis er sagte, die Stiefel unterstrichen so schön Adelinas südländischen Charakter, eine Bemerkung, die sie wütend machte, aber dann wollte Emil wissen, was die Stiefel gekostet hätten, und weil es sein Geld war, mit dem sie bezahlt hatte, natürlich, nannte sie ihm nur die Hälfte des tatsächlichen Preises. Emil war verblüfft, das sei nicht billig, aber die Qualität scheine in Ordnung zu sein, das sei ordentliches Leder, die Stiefel würden bestimmt eine Weile halten, so redete er, obwohl jeder begreifen musste, dass die Absicht dieser Stiefel nicht im Preis, nicht im Leder und ganz zuletzt in der handwerklichen Qualität lag, und da begriff sie, dass Emil von Stiefeln dieser Art keine Ahnung, keinen Schimmer hatte und seine Komplimente leere Worte waren.

Die Buchstaben hörten nicht auf, sie zu beunruhigen, und je fortgeschrittener ihre Lektüre wurde, umso schrecklicher wurden die Geschichten. In der Trambahn hatte sie eine Zeitschrift gefunden, den Kurier der UNESCO, den jemand liegen lassen hatte, eine Sonderausgabe zur fünfundzwanzigsten Wiederkehr der Erklärung der Menschenrechte. Auf dem Umschlag prangte ein maskenhaftes Gesicht, darauf ein Zifferblatt, die Zahlen eins bis fünf. Der Titel: die Bedrohung der Privatsphäre. Auf zwanzig Seiten folgten Reportagen über die Möglichkeiten der elektronischen Überwachung, endlos faszinierend, über den sogenannten dreizackigen Angriff, das auditive und visuelle Eindringen, psychologische und physische Übergriffe, die Datenüberwachung. In einem anderen Artikel wurde die technologische Entwicklung beleuchtet. Mikrofone waren auf die Größe eines Streichholzkopfes geschrumpft, unvorstellbar, ihre Reichweite liege zwischen hundert Metern und einem halben Kilometer, sie passten in ein Telefon, in einen Blumentopf oder in einen Bilderrahmen. Und Adelina las weiter über die verborgenen Augen, wie sie genannt wurden, jene, die schauten, jene, die registrierten. Und auch die Bilder waren zum Fürchten. Auf dem Titelbild eine Illustration, ein gezeichneter Kopf ohne Schädeldecke, als Hirn ein Regiment von Schlapphüten in langen Mänteln, das war Adelinas Lektüre, ihr Lehr- und Übungsheft. Ein Mann in Unterhemd trug eine Haube, daran tausend Drähte, ein Mann mit Schlips und besorgtem Blick, als ginge es zur Hinrichtung. Danach die Sequenz aus einem Film, dreifach eine Frau mit entsetztem Blick, auf dem letzten Bild über ihrem Gesicht das Wort BLOOD. Ein Film, so lernte Adelina, gedreht in Psychorama, einer Technik, die für Sekundenbruchteile Botschaften einblendete, so unfassbar schnell, dass ein Zuschauer sie nicht wahrnahm, und die sich trotzdem ins Unbewusste schlichen und dort ihre Wirkung taten, psychologische U-Boote mit gefährlicher Ladung, es war zum Verzweifeln. Zum Glück war nach zwanzig Seiten Schluss mit dieser Geisterbahn, und endlich kam eine andere Sache zur Sprache. Es war das Schicksal der Stadt Mari in Syrien, die Saga von Armeniens verlorenen Manuskripten und wie sie jetzt in Matenadaran am Fuße des Bergs Ararat zur Ruhe kamen, immerhin, eine Katastrophe zwar, aber eine mit gutem Ende. Adelina las die Kurznachrichten. Shanghai war mit zehn Komma achtzwei Millionen vor Tokio und New York die Stadt mit der größten Bevölkerung, und auch das schien keine gute Nachricht zu sein. Ein hochgelehrtes Heft, voll mit den größten Schätzen und den tiefsten Ängsten der Menschheit, alles vierfarbig dargestellt und ausführlich erläutert. War die ganze Welt so beschaffen? War denn nirgends Hoffnung? Der UNESCO-Kurier war zufällig in ihren Besitz gelangt, er schien seriös und brachte Angst und Unruhe, eine Welt in Unordnung, voller Bedrohungen. Die Zeitschrift, stand im Impressum, erschien in fünfzehn

Sprachen, Englisch, Arabisch, Hebräisch, Französisch, Japanisch, Persisch, Spanisch, Italienisch, Holländisch, Russisch, Hindi, Portugiesisch, Deutsch, Tamil, Türkisch. Offenbar gab es ein internationales Netz, von dem sie nichts geahnt hatte und dessen Zentrum, so las sie, in Paris war, an der Place de Fontenoy. Die Redaktionen hatten ihre Büros in Bern, Kairo, Tokio, Rom, Delhi, Madras, Jerusalem, Teheran, Antwerpen, Rio de Janeiro, Istanbul, Städte, von denen sie sich keine Vorstellung machte, die nur Klang waren. Wenn die Zeitschrift durch Zufall in ihre Hände geraten war, waren alle anderen, die Hunderte, die in der Auslage lagen, mit ähnlichen Schrecknissen gefüllt? Was hatte das zu bedeuten? Es passte nicht, die einzelnen Teile fügten sich zu keinem Gesamtbild, aber das Fragment, das sie vor sich sah, fesselte ihre Aufmerksamkeit und entzündete ihre Fantasie. Sie hätte gerne mit jemandem gesprochen, sich über diese verwirrende Erfahrung ausgetauscht, nur gab es keinen, mit dem sie ihre Gedanken teilen konnte, sie war nie einem Menschen begegnet, der über solche Dinge nachdachte, außer ihrem Vater, aber er hatte nicht mit ihr darüber gesprochen und bloß seine Artikel geschrieben.

Sie hatte geglaubt, in einer funktionierenden Welt zu leben, sie hatte den Fehler bei sich gesehen, bei ihren dummen Entscheidungen, bei ihrer Gedankenlosigkeit, mit einem Mann ins Bett zu gehen, ihn ziehen zu lassen, unfähig, einen Lebensunterhalt zu verdienen, aber die Angst der Menschen, die diese Zeitschrift herausgaben, schien größer zu sein als ihre eigene, und gewiss waren diese Autoren gebildet und weit gereist wie die Journalistin im Nova-Park, sie hatten ein Gehalt und eine Wohnung, und trotzdem sprachen sie nur über Massaker, Plünderungen und Kriege. Es schien etwas faul zu sein, nicht nur in ihrem Leben, es schien etwas nicht in Ordnung zu sein mit der Welt.

Abends stieg ihr Toto als Geruch in die Nase, frisch, salzig, herb, lebendig. Sie liebte den Vater ihres Kindes, sie liebte ihn von ganzem Herzen, und diese Liebe juckte, kratzte, brannte, entzündete sie, sie entbrannte lichterloh, eine Flamme in der Nacht, sie stieg hoch, bis in den Himmel, die Funken stoben, trieben durch den Himmel, verwehten, sanken, verglühten, das Feuer erlosch, und sie lag da, in der Einsamkeit ihres Zimmers, und wusste nicht, wie sie auch nur einen Tag bei Emil überleben sollte. Doch am Sonntagmorgen, früh, Emma schlief, nach dem Frühstück, zu dem sie sich in der Küche getroffen hatten, da stellte sie fest, dass sie sich geirrt hatte und Emil sehr wohl interessiert war.

Er hatte kalte Füße, das war das Einzige, woran sie sich danach erinnerte, denn selbst im Bett war er genügsam, er drängte sie zu nichts, er nahm, was er bekommen konnte, und verlangte nicht nach mehr. Adelina blieb danach nicht lange bei ihm liegen, es fröstelte sie, und sie war froh, als sie Emma hörte und aus dem Zimmer schleichen konnte, Emma sollte nichts mitbekommen, und auch das nahm Emil kommentarlos hin, er hielt Adelina nicht zurück, nur einen Kuss verlangte er, und als sie ihm die Lippen nicht auf den Mund, nur auf die Stirn drückte, war er auch damit zufrieden, griff nach seiner Lieblingszeitschrift, der Yacht, vergrub sich in der Lektüre, vergnügt und glücklich, obwohl er überhaupt kein Schiff besaß, nicht einmal ein Bötchen.

Das konnte nicht so weitergehen, Adelina musste diese Affäre beenden. Sie wollte wieder auf ihren eigenen Beinen stehen, und das hieß, sie musste Geld verdienen.

Im Stadtanzeiger ging Adelina jeweils dienstags und donnerstags die offenen Stellen durch, und offenbar gab es an Arbeit keinen Mangel. Die Flughafenimmobiliengesellschaft suchte per sofort oder nach Vereinbarung Frauen für die Büroreinigung. Schuh Hug stellte für die neu eingerichtete, moderne Filiale an der Bahnhofstrasse Nachmittagsverkäuferinnen, Lageristinnen und Anlerntöchter ein. Sie boten viel: hohe Grundlöhne, Prämien und Provisionen, Einkaufsvergünstigungen, vorbildliche Sozialleistungen und ein angenehmes Betriebsklima. Ein Unternehmen der Kunststoffbranche brauchte jemanden für den Spritzgussautomaten. Man arbeitete in zwei Schichten in wöchentlichem Wechsel. Acht bis neun Stunden pro Tag. Frühmorgens bis spätabends. Überdurchschnittliche Verdienstmöglichkeit. Verdienstmöglichkeit fett gedruckt. Saubere Arbeit. Fünf-Tage-Woche. Zeitgemäßer Leistungslohn. Fortschrittliche Sozialleistungen. Verpflegungsmöglichkeiten im Betrieb. Berufsschürzen (Reinigung durch Firma), angenehmes Arbeitsklima im Neubau.

Unter dem deutschen stand dasselbe Inserat auf Italienisch, aber Spritzguss, obwohl sie nicht genau wusste, was das war, klang nicht gut, es klang nach Chemie und nach giftigen Dämpfen. Schichtarbeit war tödlich, das wusste sie, und Leistungslohn bedeutete Akkordarbeit, das war doppelt tödlich. Sie durfte nicht krank werden, sie musste sich um ein Kind kümmern. Schoop suchte deutschsprachige, tüchtige und zuverlässige Mitarbeiterinnen für das Tüll-Lager, leichte, saubere Arbeit im Team, günstige Arbeitszeit, was immer das bedeuten mochte, die Verpflegung im Personalrestaurant, mit guten Bahn- und Busverbindungen. Leider war die Lagerkartei zu führen, und dazu musste man schreiben, und das ging nicht. Was blieb? Als Telefonistin brauchte sie Kenntnisse in Französischkonversation und im Maschinenschreiben, was als Locherin/Prüferin verlangt war, das wusste sie nicht, aber lesen und schreiben gehörte gewiss dazu. Sie machte Fortschritte, aber für eine gewerbliche Arbeit würde es nicht reichen, Verzweifelt legte Adelina die Zeitung weg.

Doch glücklicherweise hatte die Redaktion an sie gedacht. Denn in der Donnerstagsausgabe legte sie auf einer halben Seite endgültig Adelinas Problem dar. Wer nichts gelernt habe, dem stünden keine Chancen offen. Wissen und Können verhießen Sicherheit in Zeiten wirtschaftlichen Wandels, stand daneben. Sie sind Grundlagen für Aufstieg und Erfolg. Aber wie soll ich das machen, fragte Adelina, ich habe ein Kind, um das ich mich kümmern muss. Der Standpunkt, entgegnete die Redaktion, dass Mädchen keinen Beruf brauchten, ist überholt. Frauen sind nicht nur bis zur Heirat berufstätig, sie müssen nicht lebenslang ihre Pflichten als Hausfrau und Mutter erfüllen. Wenn die Kinder erwachsen sind, nehmen viele wieder eine Berufstätigkeit auf, und für sie alle wird es zunehmend leichter, einen gut bezahlten Arbeitsplatz zu finden. Sehr gerne, versetzte Adelina, aber welcher Betrieb bezahlt mir als Lehrtochter ein Gehalt, von dem ich leben und meine Tochter durchbringen kann? Jeder müsse seine Chancen nutzen, den Beruf wählen, der zu seiner Persönlichkeit passe, fuhr der Redakteur ungerührt fort, und überließ Adelina den offenen Lehrstellen.

Das war eine schöne Seite! Zuoberst das Bild einer adretten Frau in ihren Zwanzigern, Adelina fand eine gewisse Ähnlichkeit mit sich selbst. Mit Lineal und spitzem Bleistift saß die junge Frau in einer weißen Berufsschürze an einem Zeichentisch. Dann kamen die Angebote. Eine kaufmännische Lehre in der Fabrikation elektrischer Präzisionsmessgeräte. Ein Textilgeschäft bot einem aufgeweckten und tüchtigen Mädchen mit modischem Flair eine Ausbildung, man möge sich den Laden an der Urania vorstellen, gefüllt mit prächtigen Stoffen, eleganten Kleidern und gediegener Aussteuerwäsche. Aktiv würden die jungen Damen in den Verkauf eingreifen, man forme sie zu tüchtigen Berufsleuten. Von einem Gehalt allerdings stand nichts. Das Spital Neumünster suchte eine Röntgen-Lehrtochter, Mindestalter siebzehn Jahre. Psychiatrie-Schwestern fehlten in der Klinik Rheinau, deren praktisch möblierte Räume eher an ein Hotel erinnerten, eine Atmosphäre, in der sich sowohl Patienten als auch Personal wohlfühlten. Daneben ein paar Männer auf einer Kegelbahn. Ja, die moderne psychiatrische Krankenpflege umfasse nicht nur Therapie und Medikamente, wichtig seien auch Gruppenaktivitäten, die dem Personal wichtige Hinweise zur Gesundung der Patienten gäben.

Aber für Adelina gab es keine Stelle, denn so gründlich sie die Anzeigen durchging, niemand suchte nach einer Frau, die zwar ein bisschen lesen, aber kaum schreiben konnte, niemand vermisste eine Mutter mit kleinem Kind, ohne Ernährer und ohne eigene Wohnung. Es blieb die Arbeit an der Maschine, in einem Presswerk oder in der Büchsenfabrik, und wenn Adelina daran dachte, wurde ihr übel. Vielleicht war es doch besser, bei Emil zu bleiben, schon allein wegen Emma.

Aber da fiel ihr die Frau Gastweiler ein, das Versprechen, das diese ihr gegeben hatte. Frau Gastweiler musste nur erlauben, dass Adelina Emma auf die Arbeit mitnehmen durfte, aber Frau Gastweiler hatte ja ein großes Herz. Wenn Adelina ihr die Lage erklärte, würde sie es gewiss erlauben. Der Lohn war zuletzt zweihundertachtzig gewesen. Damit konnte sie sich keine Wohnung leisten, gar nichts konnte sie sich damit leisten, das war unmöglich. Sie würde beim Emil bleiben müssen bis zum Ende der Lehrzeit, erst dann könnte sie ihn verlassen, sie würde ihn also bitten müssen, ihr für zwei Jahre die Löcher zu stopfen.

Als sie sich am Tag darauf ein Herz fasste und mit Emma zu Frau Gastweiler fuhr, war der Laden dunkel.

An der Tür hing ein Zettel, bis auf Weiteres geschlossen, und als Frau Lüthi, die Nachbarin im zweiten Stock, bei der sie geklingelt hatte, die Tür öffnete, brach sie, kaum hatte sie Adelina erkannt, in Tränen aus.

Ob sie es nicht gehört habe? Ganz schnell sei es gegangen, vor drei Wochen noch ein Energiebündel, wie man sie gekannt habe, die Frau Gastweiler, rassig, voller Energie und Spucke, und an einem Dienstag stand sie mit einem Koffer bei Frau Lüthi in der Tür und meinte, sie wolle für ein paar Tage in den Urlaub fahren und sei bis Montag verreist. Das sei das letzte Mal gewesen, dass sie ihre Nachbarin gesehen habe, nach vierunddreißig Jahren, kannst du dir das vorstellen? Am Freitag darauf habe Frau Gastweilers Schwester die Nachricht überbracht. Das sei eine unmögliche Person, eine gescheiterte Musikerin, Posaunistin, die als Musikpädagogin am Konservatorium die Schülerinnen terrorisiere. Als Alleinerbin habe dieser Teufel in der Woche darauf den Laden leer geräumt, das Lager, die Nähmaschinen und die Mangel verkauft, alles, was nicht niet- und nagelfest war, zu Ramschpreisen abgesetzt. Was jetzt passiere, das wisse nur der Herrgott, aber dieser Frau wünsche sie gewiss einen Schicksalsschlag. Ein Unfall auf der Straße, so etwas, einen Schlaganfall, der sie nicht töte, sondern halbseitig lähme und für den Rest des Lebens zu einem Pflegefall mache, das hätte die verdient.

Frau Lüthi strich Emma über das Köpfchen und steckte dem Mädchen ein Bonbon zu, und als Emma danach griff, packte die Nachbarin sie, drückte sie mit dem Gesicht in die Küchenschürze und behielt sie dort, bis sich Emma losreißen konnte und mit wütendem Blick zu ihrer Mama flüchtete.

Frau Gastweiler war tot. Adelina konnte es nicht fassen, bis sie draußen auf dem Sihlfeld vor dem frischen Grab stand. Klara Gastweiler, stand in weißen Lettern auf dem schlichten Holzkreuz, Adelina buchstabierte den Namen, formte ihn mit den Lippen, sah Frau Gastweiler in hochgeschlossener Bluse und durchgestrecktem Rücken auf Absätzen durch das Atelier stolzieren, hörte die Klingel, wenn sich die Kassenschublade öffnete und die Gastweiler ihrem liederlichen Mann einen Schein zusteckte. Stets hatte sie das Leben im Griff gehabt, war sie dem Schicksal mit Verachtung begegnet, hatte ihm ein wenig Glück abgetrotzt, eine unabhängige Existenz erstritten, und jetzt lag sie einen Meter achtzig unter jenem Boden, auf den sie dreiundsechzig Jahre lang ihre hübschen Füße gesetzt hatte. Für Adelina konnte sie nichts mehr tun. Sie hatte eine weitere Verbündete an den Tod verloren. Die Rechnung auf dem Eichenholz war eindeutig. Eine Subtraktion aus zwei Zahlen. 1910–1973. Das gab als Resultat ein Minus, ein weiteres negatives Ergebnis, eine weitere Buchhaltung, die am Ende nicht aufging.

An Geld fehlte es ihr nicht mehr, Emil war großzügig, fast verschwenderisch, er ließ es an nichts mangeln, aber es fehlte an Liebe, und auch Adelinas Liebe zu ihrer Tochter litt darunter. Emma war der Grund, weshalb sie bei diesem Mann bleiben musste, und schon das war mehr, als sie ihr verzeihen konnten, schlimmer war, wie sehr Emma Emil mochte, wie sie ihm arglos vertraute, und als sie einmal wagte, ihn Papa zu nennen, da klärte Adelina sie mit gepresster Stimme darüber auf, dass dieser Mann gewiss nicht ihr Papa sei, der Emil habe der Mama aus der Patsche geholfen, ihr Papa aber sei ein ganz anderer Mensch, und wenn der eines Tages zurückkommen werde, und er werde zurückkommen, das sei ganz sicher, dann werde er sehr böse sein, dass Emma einen anderen Mann Papa genannt habe. Gelegentlich schlug sie die Kleine nun, und das war nichts, was ihr Freude bereitete, aber manchmal gab es keine andere Möglichkeit, Emma zur Vernunft zu bringen. Dass sie unordentlich war und die Aufgaben, die Adelina ihr gab, nicht erledigte, ging einfach nicht. Es waren auch nicht wirklich Schläge, es waren leichte Klapse, und wenn Emma wieder Ärger machte, genügte es meistens, mit der Hand ein schnappendes Krokodil nachzuahmen, dann verdunkelte sich der Blick der Kleinen, und sie benahm sich wieder.

Eines Morgens stand Emil mit rotem Kopf in der Küche, sagte mit heiserer Stimme, er werde sich wohl wieder hinlegen. Bis in den Nachmittag war nichts von ihm zu hören, das Telefon klingelte ins Leere, und als Adelina mit Emma aus dem Park zurückkam, fand sie ihn im Bett, vor Fieber glühend, der Hals geschwollen. Er weigerte sich, zum Arzt zu gehen, wurde unwirsch, als Adelina ihn zu überreden versuchte, und drehte sich zur Wand. Sie besorgte an der Ecke Aspirin, Salbeipastillen und eine Eukalyptussalbe. Die Apothekerin erwähnte eine Sommergrippe. Bettruhe, Kräutertee und Geduld seien angezeigt, die Sache könne sich zwei Wochen hinziehen.

Zu Hause goss Adelina Essigwasser in ein Becken und trug es in das Krankenzimmer, aber Wickel kamen für den Patienten nicht infrage. Aufrecht lag er im Bett, drei Kissen im Rücken, die Brust entblößt, er verlangte Zwieback mit schwarzem Tee und Zitrone – Zwieback war nicht im Haus, und als Adelina sich anzog, um erneut loszugehen, rief er ihr nach, sie solle seine Lieblingsillustrierte mitbringen, und seine Lieblingsillustrierte, das war nach wie vor die Yacht.

Der Zeitschriftenhändler an der Ecke schüttelte den Kopf, so etwas führe er nicht, und so fuhr sie mit Emma bis an den Hauptbahnhof, wo sie am Kiosk das allerletzte Exemplar ergatterte. Adelina hatte es nicht eilig, sie fürchtete sich vor der Heimkehr, vor der Stimmung, vor der Ansteckung, vor diesem Mann, der sie ungefragt in Anspruch nahm. Sie war wütend auf ihn, und sie wollte gewiss nicht auch krank werden. Sie trödelte, ließ Emma auf dem Spielplatz an der Pestalozzistrasse herumtoben, und als die beiden endlich wieder zu Hause waren, herrschte Totenstille in der Wohnung. Emil in derselben Lage wie zuletzt, in den Kissen, jetzt aber reglos, den Kopf zur Seite gekippt. Adelina erschrak zu Tode, und erst als sie sah, wie der Brustkorb sich hob und senkte, wusste sie, dass er nicht gestorben war. Sie sprach ihn an, Emil öffnete die Augen, schaute sie an, als sei sie ein Traumgesicht. Die Haare klebten nass an seiner Schläfe, er hustete, sie reichte ihm die Tasse, er trank gierig, schluckte drei Aspirintabletten, fragte nach der Uhrzeit, dann rutschte er in die Waagrechte und rollte sich zur Seite.

Adelina räumte die Zeitschriften aus dem Bett, deckte den Kranken zu, legte ihm einen kalten Lappen auf die Stirn. Den restlichen Tag verschlief er und wachte nicht ein einziges Mal auf.

Sie setzte sich in die Küche und blätterte in der Yacht. Er würde es nicht mögen, wenn seine Zeitschrift zerlesen war, aber sie war neugierig geworden.

Auf dem Titel eine Frage: Was heißt seetüchtig? Daneben ein Boot mit starker Krängung in der Wellengischt. Reklame für Joy aus dem Hause Jean Patou, das teuerste Parfum der Welt, stand da, und Adelina wunderte sich, warum man so etwas in eine Anzeige schrieb.

Und was war mit diesem armen Menschen geschehen, der auf der Seite sechzehn in der Reling hängend so hübsch in die Kamera blickte, mit diesem Weltklasse-Segler? Wohl nichts Gutes, schwante Adelina. Er war nicht ertrunken, er war nicht versunken, wie sie es zuerst vermutete, der Deutsch-Brasilianer war verbrannt, gemeinsam mit einhundertzweiundzwanzig anderen Seelen, in einem Flugzeug, einer Boeing 707, Flugnummer 820 der Varig, auf dem Weg von Rio de Janeiro nach Paris-Orly. Am elften Juli kurz vor zwei Uhr nachmittags, bei bestem Wetter und fünf Kilometer vor dem rettenden Flughafen war die Maschine in Flammen aufgegangen, weil jemand eine brennende Zigarette in den Mülleimer im Klo geworfen hatte. Einhundertdreiundzwanzig Seelen lagen als verkohlte Leichen auf diesem Acker im Umland von Paris, und eine davon gehörte dem feschen Segler, der Adelina zum zweiten Mal ins Gesicht lachte, auf Seite achtzehn, rechte Spalte. Er blickte sie an, als würde er um Rettung bitten, als würde er von ihr eine Antwort erwarten, eine Antwort auf die Frage, was um Himmels willen an jenem verfluchten Mittwoch geschehen war, dieser Teufelskerl, der neununddreißig Jahre lang allen Gefahren getrotzt hatte. Er war ein Held, erfolgreich in allem, was er anfasste. Und leicht hatte er es nie gehabt. In der Jugend gehörte er zu den besten Schwimmern Brasiliens, so schrieben sie im Nekrolog. Bei einem Unfall mit dem Motorrad verletzte er sich das Bein, der Fuß blieb fürs Leben steif. Er musste das Schwimmen lassen und verlegte sich auf Regatten. Zur Vorbereitung studierte er die europäischen Fachzeitschriften, und dabei fielen ihm die Falten auf, die sich von der Baumnock schräg zur Mastmitte zogen. Zwei Jahre experimentierte er mit dem Hobel, und mit dem neuen Mast, der in der Mitte steif, an Kopf und Fuß jedoch weich und elastisch war, gewann er auf Anhieb die brasilianischen Meisterschaften. Im Jahr darauf wurde er bei seiner ersten Teilnahme an der Kieler Woche hinter Kuhweide und Mares Dritter. Seine Erfindung machte Furore, der Mast setzte sich in kurzer Zeit als Standard durch, eine Erfindung, nur vergleichbar mit dem flexiblen Rigg eines anderen Deutsch-Brasilianers, Pimm von Hütschler mit Namen. Den ersten

Weltmeistertitel holte er in Portugal, den zweiten in Kanada, den dritten in Italien.

Aber, Adelina, es sind nicht meine Siege, es sind nicht die gewonnenen Regatten, die mir die Liebe des Publikums und die Achtung der Konkurrenten verschafften. Es war mein Kampf und mein Leiden, die Milde für die Konkurrenz und die Härte gegen mich selbst. In Finnland schlug ich mir nach einer Kenterung am scharfen Schwert das verletzte Schienbein auf und kam blutüberströmt an vierter Stelle ins Ziel. Niemals trug ich lange Hosen, selbst bei arktischen Temperaturen segelte ich mit nackten Beinen. Die nasse Kleidung hätte meine Narben wund gescheuert. Auf einer Regatta vor Bermuda riss auf der Zielkreuz der Wind bei Stärke acht den Großschot-Fußblock aus dem Rumpf, aber ich wollte meinen zweiten Platz nicht verlieren und wickelte mir die Schot um den Körper. So wurde ich von meinem stärksten Gegner, dem Amerikaner Barrett, in ein Wendeduell verwickelt, an dessen Ausgang einer der Segler im Wasser lag – und es war nicht ich. Das war die härteste Kreuz meines Lebens. Bei den Starboot-Weltmeisterschaften versuchte ich, das lose Großsegel einzuhaken, dabei schnitt mir der Drahtfall die Hand bis auf die Knochen durch. Ich hinterlasse eine Frau und zwei Kinder. Ich war dabei, der größte Regattasegler aller Zeiten zu werden, aber gegen das Schwefelgas, das man bei der Obduktion in einer Konzentration von mehr als 160 Tausendstel pro Liter Blut in meinem verkohlten Leichnam fand, hatte ich, der Held der Meere, keine Chance. Ist das gerecht, Adelina? Die Welt ist ein Brandofen, eine Mühle, ein Häcksler, sie hackt die Menschen klein, tötet sie auf tausendundeine Art und Weise, das Universum kennt keine Grenzen, wenn es darum geht, das Leben zu vernichten, durch Gift, durch Feuer, durch Aufprall, durch krankhafte Zellteilung, durch Entzündung, auch deines wird der Tod holen.

Schau doch nur, Adelina, das Dasein ist ein Grauen, und die übelsten Massaker werden selbst in den Hochglanzzeitschriften vierfarbig bebildert ausgestellt, auch in dieser Yacht-Postille. Blättre nur weiter! Sieh, entspannte Stunden mit einem Ballantine's Superb Scotch Whisky in der Hand auf einem Segelboot, wie zum Beispiel einer Hatteras aus reinem Fiberglas, Standardpreis bei dreihundertneunundfünfzigtausend, auch hier herrscht Grauen, Tod und Zerstörung, was willst du also machen? Vielleicht ist Emil der Nächste, weiß der Himmel, was er sich eingefangen hat, welche Folter für ihn vorgesehen ist. Vielleicht kommt er wieder auf die Beine, vielleicht wird kurzer Prozess gemacht mit dem lieben Emil. Wenn es einen Weltmeister erwischen kann von einem Moment auf den anderen, einen Helden der Meere, dann umso leichter einen drittklassigen Grafiker. Und kein Nachruf wird erscheinen, einerlei, wie er abkratzt, er kann an seinem eigenen Rotz ersticken, es kann die Decke über ihm zusammenbrechen oder ein Meteor durchs Dach auf seinen Schädel fallen – von ihm wird niemals wieder die Rede sein. Aber das braucht dich alles nicht zu kümmern, Adelina, schau nur, wie du ohne Schaden aus diesem Unwetter kommst. Wenn er stirbt, dann trägst du eine Schuld daran. Er wollte nicht zum Arzt, das ist wahr, obwohl du dringend dazu geraten hast. Aber warum rufst du keinen Krankenwagen, warum lässt du ihn in seinem Bett verserbeln? Kommt dir sein Ableben gelegen? Es stimmt, du wärst deinen Gläubiger los. Denkst du an sein Geld? Wo ist Emils Kohle? Auf der Bank? Gibt es im Studio einen Tresor? Wagst du es? Und wagst du es, ihn nach der Kombination zu fragen? Oder liegt es in seinem Zimmer im Schrank, hinter der Wäsche? Steckst du deine Finger in seine Sachen, wenn er kalt und tot auf dem Bett liegt, bist du eine Leichenfledderin? Ruhig, nur ruhig. Es gibt keine Eile. Bis morgen früh hast du Zeit. Du wirst dich ins Bett legen, als wenn nichts wäre, und am Morgen erst wirst du die Behörden verständigen. Wer wird beweisen können, dass du die Leiche schon am Abend entdeckt hast? Natürlich musst du vorsichtig sein, deinen Kopf gebrauchen.

Ein Geräusch schreckte Adelina aus ihren Grübeleien. Emil stand in der Tür, er hatte sich übergeben und brauchte Hilfe.

Sie brachte ihn ins Badezimmer, ließ heißes Wasser in die Wanne, und während er halb bewusstlos in den Eukalyptusschwaden saß, zog sie die letzte frische Wäsche auf. Emil verschwand bald wieder zwischen den Decken, sie stellte eine heiße Brühe und einen Teller Cracker auf den Nachttisch, aber er nahm keine Notiz davon, drehte sich auf die andere Seite und schlief wieder ein.

Gegen drei Uhr morgens erwachte Adelina von seinem bellenden Husten. Sie fand Emil mit wildem Blick im Bett, die Laken klamm und feucht. Erst dachte sie, er habe sich eingenässt, aber es war Schweiß, der ihm von der Stirn lief. Das Fieber war auf vierzig Grad gestiegen, sein Blick war glasig, verwirrt. Sie riss das Fenster auf und holte einen frischen Schlafanzug aus dem Schrank. Emil lächelte, dann griff er Adelinas Hand und zog sie auf den Bettrand. Bleib ein bisschen, sagte er mit leiser, kehliger Stimme. Deine Hand ist schön und kühl, meinte er und legte sie sich auf die heiße, nackte Brust und behielt sie dort. Deine Liebe, Adelina, ist das größte Geschenk meines Lebens, ich habe es nicht verdient, ich hätte dich geheiratet, aber vielleicht muss ich jetzt sterben. Sie schüttelte den Kopf, sagte, er sei fiebrig und rede wirres Zeug, er solle sich ausruhen, morgen müsse er zum Arzt. Emil nickte und bat sie, das Radio anzudrehen. Im zweiten Programm spielten sie leichte Klassik, eine Suite von Rameau, das fand er exquisit, fand sich morbide, so sind sie gestorben, sagte er, die Schwindsüchtigen in den Sanatorien, mit einer Suite und einer geliebten Hand, er schien nun ganz begeistert von der Aussicht auf sein nahes Ende, knabberte vergnügt an einem Keks, trank seinen Tee und hielt sich, in seinem gestreiften Schlafanzug und mit dem Fieberthermometer im Mundwinkel, für den unwiderstehlichsten Patienten der Weltgeschichte.

Er war bald wieder auf den Beinen, obwohl der Infekt sich hinzog und ihn schwächte. Sein Ehrgeiz war erlahmt, er war weich geworden, ging früh schlafen, nahm ordentlich seine Mahlzeiten ein, trank nicht, und bald war der Sommer da. Sie blieben zu Hause, verbrachten die warmen Tage am See, im Park, im Flussbad. Und gelegentlich, wenn die Neugier sie überkam, fischte sie doch eine Zeitung aus dem Eimer, klaubte die klebrigen Eisstängel vom Papier und las darin. Aber sie beließ es bei den Schlagzeilen, die waren erschreckend genug. Es war Ende Juli, Saure-Gurken-Zeit, die Hearings in Washington belebten die Nachrichtenlage. Ehrlichman und Haldeman, die beiden Germans, wurden von den Senatoren auf den Grill gelegt und alle paar Stunden gewendet. Die Experten rätselten, wie lange sich Nixon noch im Amt halten werde. In Kabul war der König Zahir Schah abgesetzt, das Kriegsrecht herrschte, und in Kambodscha rief der Hohe Politische Rat die Generalmobilmachung aus.

Der Herbst kam. Adelina hatte das Lesen fast ganz aufgegeben, mit Ausnahme der Wetterberichte, die einzige Lektüre, die sie noch ertrug. Sie hatte nicht geglaubt, dass man Regen so weitschweifig beschreiben konnte, mit Worten, die sie nie gehört hatte. Die Kaltluftmasse, die über Großbritannien lag und sich über Norddeutschland hinweg gegen Polen verschob, bestimmte das Wetter. Hast du gehört, Emma? Kaltluftmasse, ist das nicht komisch? Das Mädchen drehte den Kopf zu ihrer Mutter. Adelina las weiter vor.

Mit einer Reihe von Wellenstörungen, welche auf ihrer Südflanke in rascher Folge vom Atlantik zu den Alpen ziehen, weitet sich das nordeuropäische Tief, das sich nach vorübergehender Abschwächung zu verstärken beginnt, zuerst in südlicher Richtung gegen

Mitteleuropa und nach Russland aus. Verstehst du das? Ein Blick zum Kind, es lachte, fand die Mama komisch. Gleichzeitig beginnt, so fuhr Adelina zum allgemeinen Vergnügen fort, sich ein vom Azorenhoch vor der europäischen Westküste nach Nordosten gerichteter Ausläufer zu entwickeln, sodass die Strömung über dem Westen des Kontinents nach Nordwest und schließlich nach Nord dreht, womit weiterhin feuchtkalte Luft vom Nordatlantik gegen Zentraleuropa fließt. Ist das ein langer Satz! Der längste Satz der Welt! Bestimmt! Aber Achtung, das hier ist wichtig. Am Donnerstagmorgen lag das Zentrum der nun große Teile West- und Mitteleuropas bedeckenden polaren Masse über Ostfrankreich. Mit der infolge dieser Entwicklung einsetzenden Stauwirkung an den Alpen verschlechtert sich die Situation weiter. Deshalb wird es nass, mein Liebling, verstehst du, der Sommer ist vorbei. Jetzt kommt der Herbst, das Schneckenwetter, Gummistiefel und Pfützen.

Pfütze, sagte das Mädchen, und Adelina lachte. Aber sei nicht traurig, das geht allen so, das ganze Land, mit Ausnahme des Tessins, das durch Nordföhnwirkung begünstigt wird, erhält kräftige Niederschläge, welche, wie dies für solche Lagen charakteristisch ist, am Alpennordhang besonders ergiebig sind. Zwischen dem Tiefdruckzentrum über Westrussland und einem Antizyklon über dem östlichen Atlantik dauert die nördliche Strömung vorderhand an, doch beginnen sich die Druckgegensätze langsam abzuschwächen. Bei wechselnder, vorwiegend starker Bewölkung sind am Alpennordhang schauerartige Niederschläge zu erwarten. Ob sich bis Sonntag die im Westen einsetzende Besserung auf die Ostschweiz ausdehnt, muss abgewartet werden. Dann warten wir doch! Das Tessin genießt weiterhin sonnige Witterung.

Wir fahren ins Tessin, hörte Adelina hinter sich eine Stimme sagen. Emil war in die Küche gekommen, stand da in nassem Mantel und mit Regenschirm, den er in den Ausguss legte. Das Dreckwetter, das geht nicht, Freitagmorgen fahren wir los. Und im Übrigen, sagte er im Gehen, im Übrigen gibt's Neuigkeiten.

In Brissago stiegen sie ab, nahmen zwei Zimmer, eines für die Damen, wie Emil an der Rezeption scherzte, eines für den Herrn. Am Samstagmorgen fuhren sie mit der Fähre auf die Isola Grande, besuchten die Villa Emden und den Botanischen Garten. Der Tag war freundlich und sonnig. Nachmittags strichen sie über den Markt von Ronco, die Trödler waren da. Emil verliebte sich Hals über Kopf in ein Paar Manschettenknöpfe, darauf das Wappen Karl Emanuels, des elften Herzogs von Savoyen. Es zeigte in Weiß mit schwarzen Schindeln übersät den steigenden schwarzen Löwen des alten Herzogtums Chablais, wie Emil nach dem Kauf die Worte des Antiquars referierte, denn dank Gottes Gnade war der Savoyer auch dort und in Aosta Graf, ferner Fürst und ewiger Vikar des Heiligen Römischen Reiches, Markgraf von Italien, Fürst des Piemont, Graf von Genf, Bauge, Romont, Nizza und Asti, Baron der Waadt, von Gex und Faucigny, Herr der Bresse, Vercelli, der Grafschaft zu de Cene, Marro, Oucille, Tende etc., und Emil summte diese Namen und hörte auch nicht auf mit seiner albernen Attitüde, als sie ihn darum bat. Bis zum Abendessen verzog sich Emil mit der neuen Titulatur ins Hotel und telefonierte mit Zürich, Adelina und Emma gingen Eis essen.

Abends im Grotto, Emma war im Bett, noch bevor sie die Bestellung aufgegeben hatten, legte Emil ein Album auf den Tisch. Er schien aufgeregt. Ich werde dir etwas zeigen, sagte er mit ernstem Blick, und dann blätterte er durch das Mäppchen im quadratischen Kodamatic-Format. Es waren unscharfe Ansichten eines Hauses, offenbar ein Gehöft, in einer Gegend westlich von Turin, wie Emil erklärte, am Fuße der Alpen. Es gehörte einem konkursiten Kunden, der es von jetzt auf sofort abstoßen musste, er brauchte Liquidität und hätte sich mit einem Butterbrot zufriedengegeben. Emil hatte einen trockenen Mund, die Sache schien ihn zu erregen. Er wollte hinfahren und es sich ansehen, gleich am nächsten Tag. Adelina gefiel die Idee weniger, die Fahrt würde anstrengend werden, Emma hatte über Bauchschmerzen geklagt, aber Emil meinte, das sei vom Eis und werde sich legen. Er war von der Gegend begeistert, von den Aussichten, die das Haus bot, hinaus in die norditalienische Landschaft. Bis ans Meer in Savona seien es nur zwei Stunden, Turin ein Katzensprung. Turin sei sehr im Kommen, entwickle sich, gerade in der Grafik bewege sich viel, das italienische Design sei ohnegleichen, Weltklasse. Er hatte einen Bekannten, einen Freund aus alten Zeiten, der bei

Ettore Sottsass assistiert hatte, ein Name, der Adelina nichts sagte, was Emil kaum glauben konnte. Sottsass sei ein Designer, von dem man sagen könne, er habe möglicherweise die Welt, sicher aber das Bewusstsein der Gegenwart verändert.

Was das mit dem Haus zu tun habe, wollte Adelina wissen, und Emil antwortete, er wolle sich im Piemont ein Standbein aufbauen. Sein Streichholzgeschäft habe ihn zu den Leuten gebracht, er habe Beziehungen aufgebaut, und dazu habe er Sehnsucht nach einem Landhaus, nach dem einfachen Leben. Es sei genügend Platz dort, er werde sich ein Atelier einrichten, sich endlich den Dingen widmen, die ihn reizten, Plakate, Kataloge, in Zürich würden ihn alle nur als den Typen mit den Streichhölzern kennen. Die Schweizer Gilde werde ihn niemals an die guten Aufträge lassen, die Leute am Kunstmuseum und dem Theater seien Spießer und die Werbeaufträge der internationalen Firmen vergeben, der Kuchen sei verteilt. Ich will etwas wagen, sagte er, und die Leute hier verstehen mich, sie sind weniger streng, weniger zuverlässig, auch weniger zahlungskräftig. Das Geschäft in Zürich werde er behalten, er sei ja nicht blöd, aber er brauche ein Projekt, eine Sache, die ihn herausfordere.

Dann kam das Essen, und sie aßen es beide schweigend, sie hatten sich nichts zu sagen, doch das schien nur Adelina zu stören, mehr, sie fühlte sich unglücklich, gefangen. Sie bestellten die nächste Flasche Merlot, und als sie ihn fragte, was das für sie bedeute, war er erstaunt. Das ist doch deine Heimat, sagte er, das sind deine Leute, das sieht man doch, und er werde eine Assistentin brauchen, jemand, der die Sprache beherrsche, ihm durch das Dickicht der Gesellschaft helfe, einen Zugang verschaffe mit ihrem Charme und ihrem Lächeln. Er habe Adressen, die er abklappern wolle, und dabei, bei Telefonaten und Ähnlichem, könne sie sehr nützlich sein.

Sie wollte nicht nach Italien, das Land bedrückte sie, die Gedanken an den Vater, an die Mutter. Sie hatte keine Lust, Emils Assistentin zu werden, sie wollte weg von ihm. Das konnte sie Emil nicht sagen, aber da fiel ihr die Entführung eines Managers ein, über die in den Nachrichten berichtet worden war, angestellt bei Alfa Romeo, ausgerechnet die Marke von Emils Wagen. Am helllichten Tag hatten sie den Mann in ein Auto gezerrt, in eine Wohnung gebracht, ihn verhört, ein Schild um seinen Hals gehängt. Nichts wird ungestraft bleiben. Schlag einen, um hundert zu erziehen. Alle Macht dem bewaffneten Volk. Für den Kommunismus. Aber Emil lachte nur. Dummes Zeug, meinte er, Hunderttausende fahren einen Alfa Romeo, die müssten das halbe Land entführen, und im Übrigen werde er sich von ein paar wild gewordenen Idioten, die von der Weltrevolution träumten, gewiss nicht seine Pläne vorschreiben lassen.

Am anderen Tag kurz vor acht Uhr, der Morgen war kühl, stieg sie nach einem Kaffee und einem gezuckerten Hörnchen mit Emma auf die Rückbank in den Spider. Sie fuhren über Varese nach Mailand, wo Emil in der Via Rivoli eine Galerie besuchen wollte, die aber leider sonntags geschlossen hatte. Adelina war unruhig und wollte kaum den Wagen verlassen. Emil fand ihre Sorge nur komisch, er sprang aus einem Hauseingang, schrie, sono un terrorista, sono un terrorista, peng, peng, und Emma, das dumme Ding, lachte über seine schlechten Scherze, machte sie ihm nach, rannte herum, sono un terrorista, sono un terrorista, bis Adelina ihr einen Klaps gab, und damit war die Stimmung gänzlich im Eimer.

Emil kümmerte das nicht. Er fand die Stadt herrlich, schien endlos Zeit zu haben, wollte den Dom sehen, sie schlenderten durch die Arkaden und fuhren erst abends an den Schildern von Turin vorbei. Dann weiter in den Südosten. Bald sind wir da, meinte Emil bei Pinerolo, wo er den Wagen tankte.

Alle waren müde, die Fahrt hatte sie mürbe geschüttelt. Adelina vertrug die Kurven schlecht, Emma ging es nicht besser. Sie saßen auf dem Rücksitz, das Verdeck offen, die Augen tränten im Fahrtwind, sie hatten ein halbes Kilo Mücken geschluckt, sie fuhren in das Pellicetal, und eine halbe Stunde darauf waren sie am Ziel. Adelina stieg aus und stand mit Emma auf dem Arm in Torre auf der Piazza San Martino, schwankend, schwindlig, mit flauem Magen.

Es war spät am Nachmittag, Emil streckte sich, schaute hinauf in die Berge. Dort oben muss das Haus sein, sagte er, und Adelina, gerädert, durchgeschüttelt, mit einem hungrigen, müden Kind am Bein, hatte nicht die geringste Ahnung, wovon er sprach. Emil steckte seine Nase in den Straßenatlas, biss sich auf den Finger, suchte die Karte ab und fand nichts. Adelina solle in der

Bar nach dem Weg fragen, er sprach wie zu einer Angestellten, aber Emma brauchte eine Toilette und sie selbst einen Campari.

Der Mann hinter dem Tresen kannte das Haus, er meinte, sie müssten die Via al Forte hinauf nehmen, in Richtung Muris, und sich nach den letzten Häusern rechts halten, weiter gegen Angrogna zu. Adelina hatte keine Ahnung, wovon er sprach, sie trank ihren Campari, er schrieb es auf, und als sie zurück zum Wagen kam, war Emil hinter dem Lenkrad eingeschlafen. Er schüttelte sich, rückte den Sitz zurecht, schnappte Adelina wortlos den Zettel mit der Wegbeschreibung aus der Hand.

Sie fuhren durch Torre, ein unscheinbarer Ort, dreistöckige Häuserzeilen aus gelbem und rotem Stein, Balkone auf die gepflasterte Straße hin. Adelina fragte sich, was Emil hier wollte, und sie fragte sich, ob er sich das auch fragte. Torre wirkte verschlafen und friedlich, die Luft war gut, die Sicht reichte weit hinauf in die Berge. Aber sonst? Ein Ort wie tausend andere. Die Ausfallstraße war von Mauern gesäumt, hinter dem Jasmin versteckt lagen Gärten. Nach den letzten Häusern fuhren sie durch Kastanienwälder, und hinter einer Kurve hielt Emil unvermittelt den Wagen. Er zeigte durch das Fenster auf Adelinas Seite an den Straßenrand. Ein schmaler Pfad führte in den Wald, verlor sich im Grün, ein Bach. Sie stiegen aus. Es war still. Sieben Uhr abends. Emma lutschte an einem Keks. Dann gehe ich mal los, sagte Emil, nahm den Schlüssel, zog sich die Socken hoch und war im Wald verschwunden.

Adelina blieb eine Weile sitzen. Dann stieg sie mit Emma aus dem Wagen und erkundete mit dem Kind an der Hand die Gegend. Eschen, Ahorn und Eichen. Sie tranken aus dem Bach, Emma pflückte Riedgras und flocht mit Labkraut einen Strauß, für Emil, wie sie sagte, aber Emil war nicht da. Er kommt bald wieder, sagte Adelina, und sie drehten Schneckenhäuser und piesackten Ameisen, aber bald war Emil über anderthalb Stunden fort. Es dämmerte, vom Tal hinauf wehte ein kühler Wind. Adelina packte Emma auf den Rücksitz, gab ihr den allerletzten Keks und ging den Weg hinauf bis hinter die Biegung, doch dort erblickte sie bloß ein weiteres Stück des Pfades, der sich hinter der nächsten Kurve verlor. Im Wald war kein Geräusch zu hören. Das Schweigen des Abends überkam sie, das Zwielicht zwischen den Birkenstämmen, die um eine vermoorte Lichtung standen, Vogelrufe, ein Specht, Bussarde über den Wipfeln. Sie fühlte sich nicht allein, der Wald hatte sie bemerkt, betrachtete sie, und ihr fiel Emma ein, die alleine im Spider saß. Adelina eilte, hetzte zurück, Kiesel in den Sandalen. Emma erschrak bei ihrem Anblick und verschluckte sich an einem Krümel, dann schmiegte sie sich in Mamas Arme und schlief ein.

Das Licht wurde golden, es wurde blau, und schließlich schwand die Sonne aus dem Tal, die Schatten überwuchsen die Welt, und Adelina war mit dem Kind alleine.

Wo blieb Emil?

Es gab drei Möglichkeiten. Entweder hatte er sich verirrt. Oder das Haus war weiter entfernt, lag höher in den Bergen, als er gedacht hatte. Hatte er jemanden getroffen, der ihn aufhielt? Wer konnte das sein? Der Besitzer? Fünf Stunden hatte die Fahrt von Brissago nach Torre gedauert. Sie wusste nicht, wie viele Kilometer es waren, aber ausgeschlossen, dass sie es bis zum nächsten Morgen nach Zürich schaffen würden. Wenn sie überhaupt heute von Torre wegkamen. Sie würden übernachten müssen, und Adelina hatte genug von Hotelzimmern, außerdem graute ihr vor der Vorstellung, am nächsten Morgen erneut stundenlang im Wagen zu sitzen. Emil lag wahrscheinlich in einem Graben, war abgestürzt, hatte sich ein Bein oder den Hals gebrochen, hing über einem Abgrund und war hilflos. Und mit jeder Minute, die verging, nahm das Licht ab und machte die Suche schwieriger. Wie sollte sie in der Dunkelheit einen Verletzten suchen, in unbekanntem Gelände, mit einem Kind auf dem Rücken? Sie würde warten. Aber wie lange noch? Eine Stunde. Dann würde sie im Wagen einen Zettel hinterlegen und in Torre nach einem Zimmer für die Nacht suchen.

Er kam kurz vor zehn Uhr, in Begleitung eines Mannes, es war der Verwalter, der sie stumm grüßte und Richtung Torre verschwand. Emil war aufgeregt, er hatte das Haus besichtigt und sich zum Kauf entschlossen. Und natürlich war es zu spät für die Rückfahrt, sie würden bleiben, der Verwalter habe ihm die Schlüssel überlassen, die Geschäfte in Zürich könnten warten.

Gegen elf kamen sie bei dem Haus an. Mutter und Tochter waren todmüde, aber Emil feuerte den Kamin ein und bestand darauf, dass alle diesen Moment am Feuer genossen, bevor sie sich in die schlechten, kalten Betten verkrochen.

Es war ein übles Haus, das sah Adelina am nächsten Morgen. Der Mäusekot lag überall, und wer immer vorher hier gewohnt hatte, musste wie ein Tier gelebt haben. Halb leere Konservendosen, schmutziges Geschirr, Kleiderhaufen, Müllsäcke, sie waren den ganzen Tag nur mit der Reinigung beschäftigt. Einen Eimer gab es nicht, es gab nur einen alten, halb verkohlten Besen, und so fuhren sie zuerst ins Dorf hinunter, und als sie schließlich zurück waren, hörten sie es vom Kirchturm der Waldenserkirche ein Uhr schlagen. Sie putzten die Küche, die Stube, den Korridor und die beiden Kammern in der ersten Etage. Es waren Feldbetten aus Metall und Draht mit einer Schaumstoffauflage, ein Hohn, wie die Armaturen im Badezimmer, das diesen Namen nicht verdiente, ein Loch am Ende eines düsteren Ganges, ohne Fenster, nur eine Luke ließ sich öffnen. Gemütlich war es allein in der Stube, und auch nur, wenn sie den Kamin anfachten.

Schon am Abend dieses ersten Tages war Emils Mut gebrochen, er kaute missmutig auf einem Wurstzipfel herum und verfluchte den Handel, den er eingegangen war, das Loch, das er mit seinem Geld stopfen musste, um diese Bruchbude herzurichten. Das Haus sei wirklich in einem erbärmlichen Zustand, sagte Adelina, vielleicht könne er ja vom Kauf zurücktreten. Sie solle sich keine Gedanken um anderer Leute Geschäfte machen, entgegnete er unwirsch, er werde eine Lösung finden, und dann trat sich Emma einen Holzsplitter in die Ferse. Emil verdrückte sich unter dem Weinen des Mädchens hinauf in die Kammer und ließ Adelina mit der Aufgabe allein, im schummrigen Licht und ohne Pinzette das Kind von seinen Schmerzen zu befreien. Sie mochte nicht in die Kammer und richtete sich ein Lager ein, blieb mit dem Kind vor dem Kamin, legte bis drei Uhr früh Holz nach und trank Wein.

Sie mochte die Stille und den Mond vor dem Fenster, und einmal hörte sie aus dem Garten die Geräusche eines Tieres, ein Fuchs, ein Wildschwein? Sie konnte es nicht sagen, aber sie fürchtete sich nicht, zum ersten Mal seit langer Zeit war sie ruhig, sie fühlte Frieden in sich, ließ das mittlerweile schlafende Kind auf dem alten Sofa, legte ein Scheit nach und ging hinaus an die frische Luft.

Eine Nacht im frühen Oktober, klar, hell. Sie rechnete damit, dass Emil morgen abreisen wollte. Aber seltsam, sie wollte nicht weg, sie wollte hierbleiben, ohne Emil. Sie fragte sich, wie sie ihn loswerden konnte. Vielleicht, wenn sie ihm vorschlug, das Haus allein in Ordnung bringen, während er in Zürich seinen Geschäften nachging. Am nächsten oder übernächsten Wochenende könnte er wiederkommen, dann würden sie nach Turin fahren, Möbel kaufen, Geschirr, einen

Handwerker finden, der ihnen die Armaturen reparierte, sie hätte Zeit gewonnen, Zeit für sich alleine.

Der Garten lockte sie, die Rabatten waren im Mondlicht erkennbar. Und dann hörte sie das Geräusch wieder. Sie fürchtete sich nicht, sie hatte bloß das Gefühl, jemanden zu stören, wandte sich ab und ging mit schnellem Schritt zurück ins Haus. Sie wartete, bis sich ihr Herz beruhigt hatte, Stille eingekehrt war, dann legte sie sich zu Emma auf das Sofa und fiel im nächsten Augenblick in einen tiefen Schlaf.

Sie hatte sich geirrt. Emil hatte keineswegs die Absicht aufzugeben. Nach dem Kaffee setzte er sich im Unterhemd und mit einem Bleistift an den Küchentisch, auf dem Schoß ein Klemmbrett. Er musste seine Pläne revidieren, mehr Zeit einplanen, die ganze Sache in Etappen einteilen, dann könnte man sich im kommenden Jahr schon, nach dem Ferragosto, für ein paar Wochen hier einrichten und Turin in Angriff nehmen. Adelina saß daneben und fütterte Emma mit dem Brei, den sie gekocht hatte. Sie wartete auf den Moment, um Emil ihren Vorschlag zu unterbreiten. Es durfte nicht so aussehen, als wolle sie ihn weghaben, er musste in seinen Plan passen, jedenfalls sollte Emil denken, dass er in den Plan passe. Tatsächlich war es ganz einfach, sie versprach ihm, dass er nicht bis zum nächsten Jahr warten müsse, sondern schon in vier Wochen die Gegend unsicher machen und den November in Turin verbringen könne, wenn sie in der Zwischenzeit die Stellung halte. Er schaute sie an, verblüfft und mit Bewunderung, nicht für Adelina, sondern für sich selbst, für seine Entscheidung, sie einzubeziehen in dieses Projekt, dafür, dass er sie ausgewählt hatte, für die Weitsicht, die er damit bewies, und zu ihrer Erleichterung packte er schon gegen Abend seinen Koffer. Bevor er losfuhr, legte er ein paar Scheine auf den Tisch. Freitag sei er wieder da, dann gab er Adelina und Emma einen Kuss und war verschwunden.

Eine Stunde lang bereute sie ihre Hinterlist, aber als ihr die Stille im Haus klarmachte, dass sie Emil los war, wenigstens für eine Woche, spürte sie Erleichterung und Freude und begann, die nächsten Tage zu planen.

Zuerst brauchten sie passende Kleidung. Sie waren in den Bergen, es würde Regen geben, und so fuhren sie Dienstagfrüh mit dem Bus nach Pinerolo. In einem Geschäft an der Stradale Fenestrelle fand sie eine dicke Baumwolljacke, Bergschuhe, Jeans, doch als sie an der Kasse stand und ihr die Verkäuferin die Rechnung präsentierte, reichten Emils Scheine gerade einmal für Emmas Gummistiefel. Das war kein Irrtum, sie wusste es, in diesen Dingen irrte sich Emil nie. Er hatte ihr nur so viel Geld gegeben, dass sie gerade so durchkam und gewiss nicht abhauen konnte. Emma wollte ein Eis, sie bekam es nicht, sie fuhren nach Torre, kauften Zucker, Reis, Kondensmilch, Kartoffeln, Dosentomaten und eine Handvoll Äpfel.

Der alte Rucksack, den sie im Haus gefunden hatte, hing wie Blei an ihren Schultern, und dazu hatte Emma eine Krise. Nur die Gegend beruhigte sie, die Kastanien, die Weiden, die Insekten auf den Herbstzeitlosen. Die Kleine trat mit ihren neuen Gummistiefeln in den Bach, machte sich nass und schaute die Mama mit großen Augen an, aber die Mama schimpfte nicht, sie lachte nur, und da lachte auch das Kind und bemerkte nichts von Adelinas Tränen.

Der letzte Teil des Wegs ging leicht, sie gingen ihn erfrischt, aber als sie auf dem Weg standen, der von der Straße zum Haus führte, erkannte Adelina, dass jemand im Garten gewesen war. Das Gatter stand offen, eine Rabatte war umgewühlt, offenbar hatte dieser Jemand Kartoffeln geerntet, und als Emma auf das Haus zustürmte, rief Adelina sie zurück und nahm sie an der Hand.

Sie dachte an die Stöcke, an die Schaufeln, die Hauen, die Messer und an den rostigen Hammer, den sie in einer Nische im Gang hatte liegen sehen. Sie nahm ihn in die Hand, bevor sie leise das Haus betrat. Sie setzte Emma mit einem Buch auf das Sofa und stellte sich ans Fenster, von wo sie über den Garten hinweg bis hinunter zum Bach sah, den anderen Bach, den sie bis jetzt nur gehört hatte, der versteckt hinter Hecken und Silberweiden hinunter in Richtung Luserna floss. Sie meinte, einen Trampelpfad zu erkennen. Er begann hinter der südlichen Mauer und verlor sich irgendwo im Schlehdorn, erschien wieder für ein kurzes Stück. Hinter den Hecken verschwand er, dort musste im Bach ein Übergang sein, eine schmale oder seichte Stelle, ein umgestürzter Baum, über den man klettern konnte. Sie war sich sicher, Sonntagnacht keinen Fuchs und auch kein Wildschwein gehört zu haben, sondern einen Menschen. Das Haus hatte lange leer gestanden, aber es war nicht unbewohnt, jemand hatte seine Nächte hier verbracht. Und wer es auch war, er wusste längst, dass sie hier waren. Der Kamin rauchte, sie machten Lärm, auch im Dorf waren sie bekannt, obwohl die Leute taten, als würde es sie nicht interessieren. Der Händler hatte keine Fragen gestellt, er hielt es so, wie es Sitte war, man schwieg, aber das hieß nicht, dass man seine Augen und Ohren nicht offen hatte. Und es schien Grund dafür zu geben. Der Bus nach Pinerolo war an zwei Carabinieri-Kontrollen vorbeigekommen, und vor der Bank an der Piazza hatten zwei Kerle mit MPs gestanden.

Sie stand am Fenster, bis Emma mit dem Buch durch war. Das Kind war hungrig, quengelte, es gab gezuckerten Reis, ein Essen der Armut.

Es ist dunkel geworden, im Kamin glüht die Kohle. Adelina hat sich an dem Schlafplatz in der Ecke der Stube eingerichtet, hat das Sofa umgedreht, damit sie den Kamin sieht. Sie ist erschöpft, es ist ein langer Tag gewesen, aber sie ist nicht müde, sie fühlt sich behaglich und belebt, und sie schreckt kaum zusammen, als sie Schritte hört, die Tür aufgeht und eine Gestalt in die Stube tritt, den Hut abnimmt und sich übers Gesicht fährt.

Der Mann sagt Buona sera, und Adelina erwidert den Gruß, bevor er seinen Rucksack absetzt. Mi scusi, sagt er und zieht sich die schweren Schuhe aus, behält den Mantel an, ein Mantel wie ein Haus, ein Soldatenmantel aus Zeltstoff, aus dem zwei Hände jetzt in den Rucksack greifen und Adelina eine Flasche Wein hinhalten. Sie nickt, aber sie steht nicht auf, Emma schläft, und der Mann legt seinen Finger auf den Mund, zieht ein Klappmesser aus der Hose, mit dem er den Korken öffnet. I bicchieri sono in cucina, flüstert Adelina, und dort, aus der Küche, hört sie sein Geschepper, es klingt vertraut, fast gemütlich. Emma erwacht, dreht ihr Gesicht zur Mutter, und sie scheint den Gast zu bemerken, das Geklirr der Gläser, mit dem er jetzt in die Stube tritt. Die Kleine erschrickt, wirft sich der Mutter an die Brust, dreht den Kopf und ist auf der Stelle beruhigt, als würde sie den Mann kennen. Adelina bedeutet ihm, dass er den Mantel ausziehen und sich zu ihnen setzen soll, und genau das tut er, und als er sich seinen Platz sucht, sieht sie sein Gesicht.

Er sieht älter aus als Emil, älter als Toto, aber er ist jung, seine Augen verraten es, die sind nicht leicht zu erkennen hinter den struppigen Brauen, ungewaschen ist er, ungekämmt, die langen Haare klemmt er sich jetzt hinter die Ohren. Adelina fürchtet sich nicht, der Mann gefällt ihr, auch wenn ihm das letzte Glied am rechten Ringfinger fehlt, auch wenn er riecht, streng, sie weiß nicht, was es ist, etwas Scharfes, Frisches, Pulver vielleicht, und sie trinken wortlos den Wein, er füllt die Gläser, sie schweigen, er nimmt ihre Hände, sie lässt es geschehen. Sein Körper ist stark, drahtig, aber sein Geist, das spürt sie, findet keine Ruhe. Sie weiß nicht, wer dieser Streuner ist, sie hat keine Fragen, es gibt kein Geheimnis zwischen ihnen, nur das Geheimnis, in das sie gemeinsam tauchen, nachdem Adelina die Kleine auf das Sofa gebettet hat und zu ihm geschlüpft ist, in die Arme eines Freundes, von dem sie nicht weiß, woher er kommt, in den sie sich fallen lassen kann, der sie von Emil befreit, er wird ihren Schlaf beschützen.

Bis in den Morgen lag sie wach, um keinen Moment an den Schlaf zu verlieren. Sie dachte über den Mann nach, der neben ihr atmete, an dessen Rücken sie geschmiegt lag. Er würde nicht lange bleiben, das spürte sie. Sie drückte ihn an sich, und als sie erwachte, war es schon hell.

Sie hörte es in der Küche rumoren, es roch nach Essen, Zwiebeln, Lauch, Karotten, und tatsächlich stand ein dampfender Topf auf dem Herd, und sie sah den Streuner mit einem Grinsen im Gesicht am Tisch sitzen, vor sich ein Notizbuch, in der Hand ein Messer und ein Scheit, Späne auf dem Tisch und auf dem Boden. Er blieb den ganzen Tag, sie aßen die dicke Suppe, in die er Gartengrün und Saubohnen gegeben hatte, ein Stück Speck, die Fettaugen waren köstlich, sie wusste nicht, wann sie eine bessere Mahlzeit gegessen hatte. Es gab an jenem Tag nichts anderes zu tun, als zu Kräften zu kommen. Er legte sich in ihre Ecke und trank Salbeitee, und Emma ließ sich von der Schläfrigkeit anstecken und machte bald ihr nächstes Nickerchen, während sich die beiden liebten, bevor sie ebenfalls für einige Stunden schlummerten. Irgendwann erwachte sie, das Licht im Garten blau, er las, mit dem Rücken gegen die Wand gelehnt, auf dem Sims eine Kerze.

Adelina erfuhr nichts mehr an jenem Tag, sie stellte auch keine der tausend Fragen, die ihr durch den Kopf wanderten, aber irgendwann war der Streuner verschwunden. Sie nahm im Halbschlaf wahr, wie er Schuhe und Stirnlampe anzog, dann war er fort. Sie war nicht traurig, sie wusste, er würde zurückkommen, und in derselben Nacht, gegen halb zwei Uhr morgens, stand er in der Stube, schmutzig, verschwitzt und verändert. Er hatte sich verletzt, Adelina sah, wie er Schnaps über die blutige Hand leerte und sie mit einem Taschentuch verband.

Komm, zieh dich an, du musst mir helfen, sagte er.

Eine halbe Stunde später stand sie oben am Hang, an einer exponierten Stelle, und sah im Licht seiner Stirnlampe drei vernagelte Holzkisten, die sie bis in die erste Dämmerung zum Haus schafften und im Keller verstauten, wo zu Adelinas Erstaunen bereits ein halbes Dutzend ähnlicher Kisten lagerte. In diesen vier Stunden war sein Ton barsch, ohne Wut oder Ärger, er gab knappe Anweisungen, und einmal, als sie die letzte Kiste schon zur Hälfte ins Tal gebracht hatten, flammten Scheinwerfer auf, erfassten die beiden, er duckte sich, Adelina duckte sich, dann fuhr der Wagen vorbei, das Motorgeräusch verklang zwischen den Bäumen, er grinste breit, und sie erledigten den Rest ihrer Arbeit, verstauten die Kiste im Regal, dann schloss er die Tür mit einem Vorhängeschloss.

Sie wuschen sich und frühstückten. Als es schon hell wurde, legte er sich in die Ecke und schlief ein. Emma erwachte und war quietschfidel, ausgerechnet jetzt. Damit der Streuner schlafen konnte, ging sie mit der Kleinen nach draußen, hinunter ins Dorf, wo Emma im Caffè einen Kakao bekam. Gegen Mittag stand sie schwindlig vor Müdigkeit vor dem Haus, er kam ihr entgegen, nahm ihr das Kind ab, er löste sie ab, und während er die Wache übernahm, schlief Adelina ein paar Stunden und erwachte mit einem Kuss von Emma. Das Essen war fertig.

An jenem Abend hätte es Gelegenheit gegeben, Fragen zu stellen, aber Adelina spürte, dass dies keine gute Idee war. Die einzige Sache, die sie besprechen mussten, war Emil, was mit ihm geschehen sollte, aber der Streuner schaute sie nur an, legte den Kopf zur Seite und zeigte ihr den Kellerschlüssel. La cantina resta chiusa, sagte er, dann löffelte er weiter seine Suppe.

Sie legten sich früh hin, schliefen keusch, und als der Tag dämmerte, lag sie alleine. Ein paar Stunden, bis Emil kommen würde, und Adelina hatte nicht die leiseste Ahnung, wie sie diesem Mann gegenübertreten wollte, was sie ihm sagen würde. Das Beste wäre, er würde in Zürich bleiben, aber dazu musste sie ihm einen Vorwand liefern, und sie hatte keine Ahnung, was das sein könnte. Eine Krankheit, ein Infekt? Vielleicht, dass sie in Turin eine Freundin besuchen wolle? Aber sie hatte keine Freundin, und natürlich wusste er das. Jede Ausrede schien ihr zu durchsichtig, zu fadenscheinig, und als sie in Torre die letzten vierhundert

Lire in den Apparat geworfen hatte, ließ sie es nur zwei Mal klingen, bevor sie den Hörer zurück in die Gabel hängte. Er würde kommen, das war klar, aber das hieß nicht, dass er verstehen musste, was in den letzten Tagen geschehen war. Er würde drei Tage bleiben, drei Tage, die hatte sie zu überstehen, irgendwie.

Der Morgen war freundlich, kein Regen, Nebel zog aus dem Tal über die Hänge, dazwischen helle Momente. Adelina räumte die Spuren weg, wischte den Boden, brachte die Flaschen vor die Tür. Mittags war Emma unausstehlich, sie wollte ihren Reis nicht essen, sie wollte etwas anderes, es gab nur nichts anderes, sie wollte einen Keks, aber es gab keinen Keks, sie wollte nach Hause, aber es gab kein Zuhause, das hier war ihr Zuhause, sie verlangte nach Emil, aber mit Emil war Schluss, ob sie das verstehe, Emil könne sie vergessen, die Kleine warf den Teller auf den Boden, blöde, blöde Mama, und da langte Adelina über den Tisch und traf sie am Kopf, doch das Mädchen hatte nicht begriffen, und Adelina verpasste ihr noch einen Schlag, und erst dann war Ruhe, Emma wimmerte, dicke Tränen liefen ihr über die Wangen, aber das hatte sie jetzt davon.

Adelina setzte das Kind aufs Sofa, hier solle sie bleiben, nur hier, und dann stand sie im Garten und warf mit der Mistgabel dürres Kraut in das Feuer, ein Feuer, das sie beruhigte, ihr Kraft gab. Das Feuer half ihr, es war auf ihrer Seite, sie legte Reisig nach, die Flammen stiegen hoch, sie legte wieder nach, nun loderte es vor ihren Augen, sie spürte die Hitze im Gesicht, die Funken stoben, ein feines, ein reines Feuer, bis sie das nächste Brenngut nachlegte, es war feucht, die Flammen erstickten, Rauch quoll seitwärts weg und umfasste sie von unten, bald stand sie in einem beißenden, brennenden Qualm, der ihr die Luft nahm, sie zu ersticken drohte, und hustend suchte sie das Weite, flüchtete sich zur Mauer. Der halbe Garten stand in dicken, gelben Schwaden, aber schließlich war die Feuchtigkeit verdampft, und es züngelte rot aus dem teuflischen Haufen. Sie konnte den Garten anzünden, das Haus ohnehin, und sie dachte an den Keller, sie dachte an die Kisten. Eine Weile stand sie angelehnt bei der Mauer, betrachtete das Feuer. Dann hörte sie Lärm aus dem Haus, sie dachte, Emil sei gekommen, aber als sie in der Auffahrt stand, war es seltsam ruhig, und von einer Sekunde auf die andere drehte sich die Welt, stürzte der Himmel ein, und die Sonne verschwand vom Firmament. Die Vögel verstummten in ihren Gesängen, und die Dunkelheit kam über Adelina. Emma war nicht mehr da. Sie lag nicht auf dem Sofa, sie war nirgends in der Stube, sie war nicht in der Kammer, nicht in der Küche, nicht im Garten, nirgends.

Sie kannte dieses Gefühl, die Minuten, in denen sie nach ihrem Kind suchte, nach ihm rief und es keine Antwort gab, weil es sich einen Streich mit der Mutter erlaubte oder aus Trotz in einem Versteck verharrte oder weil es sich irgendwo vergessen hatte, und Adelina wartete auf den Moment, wenn die Kleine dann plötzlich vor ihr erschien, hinter einem Kasten, in einem Gebüsch, im Garten, aber Emma war hinter keinem Kasten, sie steckte in keinem Gebüsch, und sie war auch nicht im Garten, und dieser Augenblick, dieses erleichterte Aufatmen, sie kamen nicht.

Adelina stürzte durch das Haus, sie fiel durch die Türen, sie öffnete Schränke, und darin gähnte die Leere, sie stand in der Auffahrt, rief, schrie nach Emma, keine Antwort, wieder ins Haus, dieselbe Runde, in der Kammer war Adelina noch nicht, aber auch die Kammer war leer, sie öffnete das Fenster, sie nahm einen Topf und eine Kelle, sie machte Lärm, nichts, nur das Feuer brannte, sie wusste, sie würde den Verstand verlieren, sie rannte die Böschung hinunter bis zum Bach, und da war nur der Bach, die Natur in ihrer ganzen Gleichgültigkeit, und sie hasste dieses Kind, und sie wollte es schlagen, sie wollte es schütteln, aber in ihren Händen war nichts, ihre Hände waren leer, und dann rannte sie den Weg zurück und wieder in das verfluchte, vermaledeite Haus, sie stürzte durch dieselben Räume, nichts, keine Erlösung, ein Tier auf einer wahnsinnigen Runde durch den immer gleichen Käfig, aus dem es kein Entrinnen gab, sie setzte sich, sie musste nachdenken, aber da war nichts, kein Gedanke, da war nur Verzweiflung, Panik, Entsetzen, nach wenigen Minuten war sie bis auf den Grund ihrer Seele zerstört, bevor sie einen Moment Kraft fand und wieder nach Emma rief, schrie, flehte, bis sie heiser war, alles von vorne, alles vergeblich. Hilfe, jemand musste ihr helfen, das Dorf, das Land, die Welt, und ohne Jacke, Geld oder Schlüssel floh sie ins Tal, nach Torre, wo sie am Rande des Wahnsinns ankam, und bevor sie das Dorf auf die Beine bringen, die Kirchglocken läuten lassen konnte, sah sie den gelben Spider und in der Bar von Totosport stand Emil, mit einem Weißwein in der Hand, in seinem läppischen, dreiviertellangen beigen Trenchcoat à la Alain Delon, um Gottes willen, er hat sie, er hat das Kind, das dachte sie, aber Emma war nicht im Lokal, und als er Adelina sah, schrie auch er, nannte sie eine Hure, eine Betrügerin, die Enttäuschung seines Lebens, er schob sie rückwärts in die Lücke zwischen Flipperkasten und dem Tresen, er spuckte, er schäumte, er war außer sich, ob sie denn vergessen habe, schrie er, was er alles für sie getan habe, ob das der Dank sei, und Adelina sagte nur ein Wort, und das Wort war ein Name, Emma. Sie stammelte, sie schrie, aber dieser Kerl schien nicht zu begreifen, bis ihm die Luft ausging, sein Zorn sich erschöpft hatte und er mit einem blöden Arschgesicht dastand. Das hielt er nicht lange aus. Er ließ Adelina stehen, stürmte aus dem Lokal, sie rannte hinterher, da war er schon fast beim Wagen, und sie wusste in diesem Augenblick, wo Emma war, es traf sie wie ein Schlag, der sie niederstreckte, als sie sah, wie Emil in seinen Spider stieg und wegfuhr, talwärts, bis er verschwunden war.

Die nächsten beiden Stunden war sie ohne Bewusstsein, sie irrte durch die Gassen, sprach Menschen an, die sie zur Polizei schickten, aber bei der Polizei war niemand, keine Seele, die Tür verschlossen, und irgendwann stand sie im Ospedale, dann saß sie auf einem Stuhl, dann lag sie auf einer Pritsche, lutschte an einem Stück Traubenzucker, das ihr jemand in den Mund gesteckt hatte, dann sagte jemand, man wolle sie hierbehalten, bis der Dottore Zeit habe, aber Adelina hatte keine Zeit und stand auf der Straße, und ein Wagen nimmt sie auf, fährt mit ihr hinunter bis Luserna, sie hält es nicht aus auf dem Sitz, sie klebt am Fenster, sie dreht die Scheibe hinunter, sie hält Ausschau, und zwei Mal ist es erst die letzte Instanz, irgendwo in ihrem Hirn, die Adelina hindert, die Tür zu öffnen und aus dem fahrenden Wagen zu springen, weiter Richtung Pinerolo, wo sie dann auf dem Hauptplatz steht, durch die Lokale irrt, bis sie von einer Streife angehalten wird, zwei lange Kerle, die ihre Papiere verlangen, aber sie hat keine Papiere, sie trägt nicht einmal eine Jacke, und sie sagt: Emma, aber die jungen Männer verstehen nicht, sie halten sie für verrückt, das erkennt sie jetzt, und dann weiß sie, dass sie zurück ins Haus muss, und sie entkommt den beiden durch eine Gasse und springt in einen Bus und steht gegen Abend im Garten, mehr tot als lebendig, als der Regen wieder einsetzt, eine Gischt aus dem Nebel, der die letzte Glut zum Zischen bringt, dann wird es dunkel.

Zwei Arme ergreifen sie und tragen sie ins Haus, etwas brennt auf ihren Lippen, fließt in ihren Mund, sie spuckt es aus, es kommt mehr davon, trinken, du sollst das trinken, hört sie eine Stimme, und sie ergibt sich und schluckt die Flüssigkeit, jetzt brennt es im Hals, dann ist sie wieder weg, eine Ohrfeige, dann wird sie auf das Sofa gebettet, sie rollt sich zusammen, will verschwinden, zurück in die Dunkelheit, in die Besinnungslosigkeit, die sie umfängt, die Finsternis ist der einzige Trost, er währt nicht lange, Hitze und das Geräusch eines Feuers reißen sie aus der Ohnmacht.

Der Streuner sitzt neben ihr, eine Tasse Tee in der Hand, sie schlägt um sich, die heiße Flüssigkeit verbrennt ihre Haut, sie schlägt den Kerl, er drückt sie nieder, sie bäumt sich auf, er setzt sich auf sie, ruft ihren Namen, Emma, flüstert sie, gib mir meine Emma, aber er schüttelt den Kopf, ich habe das Kind nicht, und dann schreit sie wieder, will es nicht glauben, will überhaupt nichts glauben.

Du bist verrückt, sagt er, du musst dich beruhigen. Er reicht ihr eine Flasche, dasselbe Brennen, jetzt willkommen, bis zur Neige will sie das Gift trinken, er nimmt ihr die Flasche weg, sie sinkt, schlägt gegen eine Wand. Der Alkohol nimmt ihr die letzte Kraft, sie klebt am Boden, ein ungeheures Gewicht drückt sie nieder. Er geht, sie hört, wie er das Haus durchsucht, sie hört, wie er Emmas Namen ruft, dann hört sie nur noch ihren eigenen Atem, das Schnaufen einer Sterbenden, das Herz ist eine Pauke, sie schlägt und schlägt und schlägt, und dann hört sie seine Fragen. Er will wissen, um welche Uhrzeit sie Emma zuletzt gesehen habe. Sie versucht zu antworten, aber die Zunge bewegt sich nicht, ein lahmes Stück Fleisch in ihrem Mund, sie verschluckt sich, sie spuckt, er schlägt sie. Reiß dich zusammen, sagt er, und seine Augen sind weit offen, wenn dir das Leben deiner Tochter lieb ist, dann reiß dich zusammen. Mittags, sagt Adelina, da lag sie, auf dem Sofa. Wann sie Emil gesehen habe. Später. Wie viel später. So lange, wie man braucht, um nach Torre zu kommen. Was er gesagt habe. Er wusste alles, sagt sie, er wusste von uns, er hat mich angeschrien. Der Streuner fährt sich über das Gesicht, trinkt aus der Flasche. Er war hier, sagt er, er war im Haus, deshalb wusste er es, und Adelina sieht das Feuer und den Rauch, und sie hört den Lärm aus dem Haus, und sie weiß, er hat recht. Emma ist bei ihm, er hat sie genommen, sie ist das Pfand in seinen Händen, das Werkzeug seiner Rache.

Und da war sie plötzlich wach, eine ungeheure Energie fuhr durch ihren Körper, sie sprang auf, sie schoss durch die Stube, rannte in die Küche, sie packte ihre Sachen zusammen, wollte weg aus diesem Haus, sie zog sich die Schuhe an, sie musste zu Emma, er hielt sie zurück, sie riss sich los. Wegen dir, nur wegen dir, schrie sie ihn an und schlug ihm ins Gesicht, er nahm es hin, sie schlug ihn wieder, er nahm es hin, sie schlug zum dritten Mal, er nahm es zum dritten Mal hin, dann sank sie zu seinen Füßen nieder. Bring mich weg, sagte sie, bitte, du musst mich zu meiner Tochter bringen, du musst, du musst, du musst, bring mich zur Polizei, sie packte sein Bein, sie biss, er schrie, er trat sie, er schüttelte sie ab wie einen tollwütigen Hund, er zog sie hoch, hielt sie, umklammerte sie, ich werde dir helfen, sagte er, aber keine Polizei, hörst du, keine Polizei, denk an die Kisten, du hängst da mit drin, dann kannst du dein Kind gleich vergessen.

Wo will er hin, sag es mir, wo will er mit ihr hin, über die Grenze, in die Schweiz, das ist gefährlich, kennt er jemanden in der Gegend? Und dann schoss es ihr durch den Kopf, ein Gedanke, ohne Worte. Er will nach Turin, nach Turin, er will zu diesem, er kennt dort, nach Turin, wir müssen nach Turin, und dann war sie tot für die nächsten Augenblicke, kein Atem war in ihr, sie war draußen in den Wäldern, sie suchte nach Emma, sie irrte durch eine Welt aus Gerüchen, aus Bildern, und in allem war Emma, und sie sah, wie der Streuner das Spielzeug zusammenräumte und in eine Tasche packte, das Singbuch mit den bunten Häusern und den lachenden, rotwangigen Menschen, und dann war sie wieder weg, entschwand durch den Kamin mit dem Rauch ins Freie, wo sie nach ihrer Tochter rief, über die Wipfel und die Dächer hinweg ins Tal, wo die Geister ihre Köpfe reckten und ihre alten Geschichten zu summen begannen, die Lieder der Verlorenen, der Vertriebenen, der Vergewaltigten, der Gepfählten und der wundersam Geretteten, die man dem Tod entrissen hatte und die sich dem Widerstand anschlossen. Sottsass, das war der Name, der sie zurück in die Stube brachte, zurück ins Leben, wie ein Gong klang der Name durch ihren Kopf, Sottsass, so heißt der Grafiker, nicht der Assistent, da will er hin, nach Turin, da ist er.

Lange wanderten sie zu Fuß durch die Nacht. Er folgte keinen Wegen, aber er fand überall einen Durchgang, eine Abkürzung, Straßen mied er, sie überquerten eine Fahrbahn, dann stach er hinter einer Leitplanke eine Böschung hinunter. Kraut zwischen den Beinen, nasse Hosenstöße, Strünke, über die sie stolperte, und es ging, sie hielt mit, sie war jung und kräftig. Nach zwei Stunden standen sie vor einem Fiat, hinter einem verlassenen Haus irgendwo bei Massera. Unter dem rechten Vorderrad fand er den Schlüssel, und als sie auf der

Landstraße waren, da wollte sie zurück in die Wälder, zurück auf ihre Füße, eingeschlossen in einem Wagen, das ging nicht, aber er sprach ihr gut zu, beruhigte sie, und dann fuhren sie in eine Wand, in eine weiße Wand, eine Nebelbank, dick wie frischer Rauch, keine zwanzig Meter Straße sahen sie vor sich, das Licht der eigenen Scheinwerfer blendete sie, und so ging es lange, lange über die Ebene, den Po entlang, Hallen plötzlich, Fabrikgelände, das Licht der Kandelaber, Plätze, leer, dann wurde der Verkehr dichter, bevor sie in ein Wohnviertel einbogen, in eine Garage.

Sie machten kein Licht, er kontrollierte zuerst die Jalousien und die Vorhänge, dann schaltete der Streuner in der Küche eine Lampe an, öffnete den Kühlschrank, entnahm ihm einen Packen Geld, eine Dose Kondensmilch und eine Flasche Schnaps. Es gab einen Tisch, zwei Stühle, ein schmutziges Glas darauf, ein Buttermesser, gelbe Krümel und die Tüte einer Bäckerei. Adelina hatte keine Ahnung, was sie hier wollten, warum sie hier waren. Es fühlte sich an wie eine Endstation. Das Elend lag als Stillleben vor ihren Augen, es war aussichtslos, alles war verloren. Er zeigte ihr ein Zimmer, das von der Küche wegging, eine Kammer, ein Verschlag, ausgelegt mit schmutzigen Matratzen, alten Decken und einem Haufen persischer Kissen. Ein Zettel hing an der Wand, ein Fenster, das mehr ein Loch in der Wand war, winzig, hier sollte sie bleiben, und er würde los und ein paar Anrufe machen. Aber sie wollte nicht. Sie wollte nicht hierbleiben, sie wollte nach Emma suchen, irgendwo, jetzt, sie konnte nicht warten, und sie redete auf ihn ein, aber er drohte ihr mit der offenen Hand, und sie schwieg. Er werde in einer Stunde zurück sein und Essen mitbringen, alles, was nötig sei, sie solle nur ruhig und vernünftig sein, sie würden nicht lange bleiben. Dann war er weg, und Adelina saß im Dunkeln. Es störte sie nicht, allein zu sein, sie wollte nachdenken, über das, was passiert war, nicht erst seit gestern, was passiert war in ihrem Leben und warum sie hier war, an diesem Ort, der nach Menschen und nach Tieren roch, es störte sie nicht. Menschen, das spürte sie, hatten sich hier geliebt, hatten sich ausgeruht, hier waren Menschen gestorben.

Sie hätte Emma nicht allein lassen dürfen, nicht an diesem Freitag, aber jemand hatte ihre Arglosigkeit ausgenutzt, ein Mensch, den sie nicht mehr Emil nannte, er trug keinen Namen mehr, er war überhaupt nichts mehr, und alles, was sie über ihn wusste, war hinfällig. Allein eine Sache definierte ihn, sein Raub, der Raub eines Kindes. Sie machte sich keine Illusionen. Er hatte sie mitgenommen, und sie hatte keine Ahnung, was er mit Emma wollte.

In der Bar war er laut geworden, aber war es Eifersucht oder nur gespielt, war er in Adelina verliebt gewesen, das konnte nicht sein, nein, er hatte ihr etwas vorgemacht, die ganze Zeit, er hatte es auf Emma abgesehen, schon damals am See, unheimlich, wie er sich für Emma interessiert hatte, man hatte von Kindern gehört, die verschwanden und nie wieder auftauchten, aber wenn die Sache von langer Hand eingefädelt war, warum war er nicht einfach weggefahren, warum hatte er im Totosport ein Glas Wein getrunken?

Und jetzt war sie einem anderen Mann ausgeliefert,

einem Verrückten, in einer fremden Stadt, in einem Loch, ohne Geld. Sie hatte keine Ahnung, wen er anrufen würde, wahrscheinlich war er abgehauen, sie hätte es an seiner Stelle auch getan. Aber der Streuner kam zurück, und er kam nicht allein.

Die Frau nannte ihren Namen nicht, den hörte Adelina erst, als sie schon wieder gegangen war. Sie hieß Carla und schien ein paar Jahre älter zu sein als Adelina. Sie setzten sich an den Küchentisch, Carla und der Streuner, und flüsterten, aber sie flüsterten laut, vor allem Carla, die nicht zufrieden war, die ihn von Minute zu Minute mehr zusammenstauchte. Er hatte ihr alles zu erklären; was geschehen war, warum er diese Person in die Via Molena gebracht hatte. Das Haus ist ein Vermögenswert der Organisation, dem Kämpfer anvertraut, sagte Carla, muss ich es dir vorlesen? Es wird nach präzisen, verbindlichen Regeln verwaltet. Es darf nur von den dort lebenden Aktivisten bewohnt werden. Niemand kennt das Haus, verstehst du, nicht einmal das Viertel. Weißt du, was hier los ist? Sie machen Druck, sie haben Spitzel, sie haben Patrouillen, sie sacken unsere Leute im Dutzend ein. Ist euch jemand gefolgt? Der Streuner schüttelte den Kopf. Wie willst du es anstellen, um das Mädchen wegzubringen? Hast du dir das überlegt? Die Wohnung ist verbrannt. Wir müssen sie aufgeben, verstehst du das? Räumst du sie? Und beschaffst du der Organisation eine neue, ein Versteck, das nicht entdeckt ist?

Carla war nicht laut, aber sie war hart und unnachgiebig. Er antwortete einsilbig, das Mädchen könne von

Diensten sein, aber Carla glaubte ihm nicht und sprach abfällig über seine Leichtgläubigkeit, bis der Streuner erwähnte, das Mädchen habe Schweizer Papiere. Da verstummte Carla und dachte nach. Sie wandte sich an Adelina. Stimmt es? Du hast Schweizer Papiere? Adelina nickte. Woher kommst du? Aus Zürich, die Eltern sind aus Triest. Deine Arbeit? Ich war im Service. Und in der Fabrik. Er sagt, sie haben dir dein Kind genommen. Ein Mann. Er heißt Emil Pollard. Es blieb eine Weile still, als müsste der Name im Raum verklingen. Dann sprach wieder Carla.

Ist er gefährlich? Hat er eine Waffe? Hat er nicht, nein. Aber gefährlich ist er. Er hat meine Emma entführt. Warst du bei den Bullen? In Pinerolo haben sie mich kontrolliert, antwortete Adelina. Ich hatte keine Papiere. Ich bin dann weg. Weg? Weggerannt. Kennen sie deinen Namen? Adelina schüttelte den Kopf. Draußen eine Polizeisirene, gefolgt von einem Rauschen in einem Rohr, ganz nah. Dann war es wieder still. Der Genosse hätte dich nicht an diesen Ort bringen dürfen. Du bist ein Risiko, weißt du das? Carla sagte es mit einer Kälte, die keinen Zweifel ließ, wie sie mit Risiken umging, sie beseitigte sie, und als Adelina den Streuner ansah, saß da ein anderer Mensch, eingefallen in seinem Stuhl, eingeschüchtert, nicht von dieser Frau, bedroht von einer Macht, die im Gegensatz zu ihnen beiden und fast allen Menschen auf der Welt bereit war zu töten.

Wir werden sehen, sagte Carla ruhig. Ihr bleibt hier und bewegt euch nicht. Damit stand sie auf und ging, und Adelina war mit dem Streuner alleine, und jetzt war sie es, die sich um ihn kümmerte. Sie zog ihm den Mantel und die Schuhe aus, brachte ihn auf die Matten und holte den Schnaps. So verbrachten sie die Nacht und den nächsten Morgen und den Nachmittag, mehr oder weniger regungslos, er las manchmal im Schein seiner Taschenlampe, gab ihr zu trinken und vom Käse, den er noch hatte. Die Kloschlüssel war zugeklebt, sie benutzten einen Kübel mit einer chemischen Flüssigkeit.

In der Nacht begann der Streuner zu reden, und in den Stunden bis zum nächsten Morgen verwandelte er sich in Pio, wie der Name lautete, den ihm seine Mutter gegeben hatte.

Er hatte in Trient studiert, bei Andreate und Alberoni, und er war bei der Besetzung da gewesen, als sie die Negative Universität ausgerufen hatten, das Living Theatre von Julian Beck durch die Stadt gezogen war, tanzend, schreiend, nackt und bunt, und die braven Bürger Galle gespien hatten angesichts der Lebenslust und der ungezügelten Wut der jungen Leute. Er habe es geliebt, er habe sich der Bewegung angeschlossen, Flugblätter gedruckt und Sitzungen organisiert, ein halbes Jahr sei er unter Strom gestanden, habe kaum geschlafen und morgens mit eiskaltem Wasser geduscht. Aber dann sei in seinem Kopf etwas passiert, er wisse nicht, was es war, an einem Morgen sei er auf dem Weg in die Vorlesung vor dem Dom stehen geblieben, vor der Fontana del Nettuno, beim Palazzo Pretorio, und dann habe sich über ihm das Universum geöffnet, die Konstellation der Sterne sei ihm erschienen wie ein offenes Buch, in dem er lesen konnte, aber was da stand, seien lauter Fürchterlichkeiten gewesen, und er habe gewusst, dass er unter diesem Himmel nicht bleiben könnte. Er sei zurück ins Studentenheim, habe seine Sachen gepackt und sei nach Turin gefahren, zu Freunden, die dort eine Kommune hatten, aber auch dort habe er es nicht ausgehalten, nirgends habe er es ausgehalten, die bösen Sterne in seinem Kopf hatten ihm die Leute und ihr ständiges Gerede unerträglich gemacht. Er zog weiter, planlos, nach Pinerolo, ins Pellicetal, warum, wusste er nicht, aber vor der Waldenserkirche in Torre Pellice fand er zum ersten Mal seinen Atem und in seinem Atem eine gewisse Ruhe. Etwas zog oder trieb Pio in die Berge, bis hinauf zu den Pässen.

Einen Sommer verbrachte er auf der Conca del Prà, auf der Hochebene im Mündungsgebiet des Pellice, er schlief in den Ställen, zwischen den Schafen und Kühen, bis er den Hirten auffiel, worauf er floh und weit oben zwischen den Lärchen einen Unterstand baute und sich versteckt hielt bis in den Herbst. Er wäre beinahe verhungert, ernährte sich von nichts als Beeren, darunter giftige, die seine Visionen nährten. Fünfzehn Kilo verlor er, und dann fand er im Wacholder eine Holzkiste, aus dem Krieg, Material für die Partisanen, abgeworfen von der Royal Air Force, sechs Handfeuerwaffen im tadellosen Zustand. Und bevor er sich fragen konnte, was mit dem Zeug anzufangen war, fand er eine zweite Kiste, gefüllt mit der passenden Munition, alles rostfrei, und bald kam eine dritte hinzu, bis er schließlich die ganze Ladung beisammenhatte, darunter eine Druckerpresse, zehn Kilo Schiffszwieback und fünfzig Dosen Corned Beef, auch nach dreißig Jahren genießbar.

Er wollte die Waffen zu Geld machen, fuhr nach Pinerolo, und auf dem Weg dorthin kam er an einem Haus vorbei, bei dem ein Fenster offen stand, und weil er nach den Monaten in der Wildnis aussah wie ein Ungeheuer, stieg er ein, fand Kleidung, Schuhe, in einem Schrank ein bisschen Geld, aber den Kerl, der plötzlich hinter ihm stand, den hatte er nicht gesehen, ein Gerangel, Pio nach den Monaten im Gebirge zäh und rücksichtslos, ein Tier eigentlich, schlug auf den Kerl ein, bis der endlich Ruhe gab. Er nahm das Geld und haute ab, entsetzt über sich, über das, was er getan hatte.

Er ging nach Turin, machte den Kontakt mit Carla, die er aus Trient kannte und die in den Untergrund gegangen war, sich den Brigaden angeschlossen hatte. Ihr Äußeres war unverändert, und doch erkannte er sie nicht mehr. Eine Frau im Krieg, ihr einziges Ziel, den nächsten Tag zu überleben. Sie schaute sich die Pistole an, fragte, ob er mehr davon besorgen könne, und in den nächsten Wochen verkaufte er ihnen die halbe Ladung.

Die Kisten in Torre sind die letzten, die ich verkaufen kann, dann weiß ich nicht, was ich tun soll.

Sein Rückweg war verbaut, die letzte Brücke abgebrannt, entweder hatte er den Mann erschlagen, und dann würde man ihm einen Totschlag anhängen, oder er hatte überlebt, dann würden sie ihn kriegen wegen Raub oder Mordversuch.

Er sprach undeutlich, verwaschen, und was immer ihm vor dem Dom zugestoßen war, es stieß sie ab, und nichts, was an ihm gewesen war, nichts, das sie bewunderte, hatte die Begegnung mit Carla überlebt. Pio war schwach, und sie hasste seine Schwäche, sie war zu nichts nütze.

Pio zitterte, er legte die Arme um die angezogenen Beine, er schlürfte seinen Tee, ein Schatten seiner selbst. Mit ihm an der Hacke würde sie nicht weit kommen. Er konnte ihr nicht helfen, Emma zu finden. In den Bergen kannte er sich aus, aber wenn Emil irgendwo war, dann in einer Stadt, das Land hielt er nicht lange aus, er brauchte seine Kneipen und seine Läden und seinen Klimbim, seine Vanity-Sets und seinen kleinen Kaffee am Morgen, und er brauchte seine Illustrierten, und vor allem brauchte er ein Mädchen, aber daran durfte sie nicht denken, nicht an das Mädchen, das in diesem Augenblick bei ihm war, hilflos. Pio wollte sich an Adelina schmiegen, und sie ließ es geschehen, aus reiner Berechnung, weil sie wusste, eine Zurückweisung würde sie mehr Kraft kosten. Ihr Herz war kalt, und sie erschrak über diese Kälte. Sie verspürte den Drang, nach Torre zu fahren, aber wie sollte sie das machen, ohne Geld? Vielleicht war Emil in das Haus zurückgekehrt, vielleicht wartete er dort auf sie. Und er konnte sich dort mit Emma verstecken, und wenn man ihn finden würde, könnte er den Spieß umdrehen und behaupten, es sei die Mutter, die ohne Nachricht verschwunden sei.

Dann würde man Adelina zur Fahndung ausschreiben. Also nach Zürich? Aber sie hatte nichts in Zürich, nicht einmal eine Wohnung.

Sie dachte an Toto, und sie dachte an ihre Mutter, und in beiden Fällen war die Sache schnell erledigt. Lieber sterben, als sie um Hilfe zu bitten. Hilfe? Vorwürfe, Anschuldigungen, Fragen, Verhöre, Abklärungen, Maßnahmen, Behörden, Ärzte, und wieder ein Vermieter, und wieder ein Vorgesetzter, und wieder das Gleiche, nein, es würde schlimmer sein. Sie war schlechter dran als vor sechs Wochen. Die Leute, mit denen sie nun Umgang pflegte, knackten Autos, versteckten sich in konspirativen Wohnungen, sie trugen Waffen und waren bereit, diese einzusetzen. Und doch hatte sie nicht das Gefühl, es mit Verbrechern zu tun zu haben. Sie waren nicht schlimmer als ihr Vermieter, sie waren nicht schlimmer als die Münger, sie waren nicht schlimmer als dieser gewisse Mensch da, der irgendwo saß mit ihrem Herzschatz, ihr ein Loch in die Seele gerissen hatte, aber daran durfte sie nicht denken, nicht an die Wunde, nicht an den Verlust, nicht an den Tod.

Also nach Torre? Und dann? Wenn das Haus leer wäre? Dann würden ihre Möglichkeiten erschöpft sein. Sie hatte nie an Emma gedacht. Sie hatte nicht daran gedacht, dass er sie nehmen könnte, sie sein Pfand sein konnte, sie hatte nicht daran gedacht, dass es Emil nie um Adelina gegangen war, er nichts von ihr wollte und von Anfang an die Kleine und nur die Kleine sein Antrieb gewesen war. Aber jetzt ergab alles Sinn. Wie schmeichlerisch er gewesen war bei ihrem ersten

Treffen, wie er Emma bezirzt hatte und wie sie darauf hereingefallen war. Seine Gleichgültigkeit danach. Sie hätte ihrem Misstrauen Raum geben, sie hätte sich fragen müssen, warum Emil dieses Verhalten an den Tag legte. Wie dumm sie gewesen war. Einen Schritt hätte sie weitergehen müssen, nur einen einzigen, und sie konnte sich nicht erklären, was sie daran gehindert hatte. Ein naiver Glaube an das Gute im Menschen? Hatte sie ihn je gehabt? Wer war jemals gut mit ihr gewesen? Der Vater, die Mutter, Toto? Es musste etwas anderes gewesen sein. Emil wirkte nicht harmlos, nicht im Geringsten, aber sie konnte sich nicht vorstellen, was genau er mit Emma anstellen würde, in welcher Weise er sie behandeln würde, wie er das Mädchen berühren würde, schlagen, streicheln, und selbst jetzt blieb ihre Vorstellung vor dieser Schranke stehen. Es war nicht Ekel, es war nicht Angst, der Gedanke an die Gewalt verbot sich, es war das Wissen um ihre Menschlichkeit, das ihr untersagte, sich diese Dinge vorzustellen. Wenn sie Emil oder einer anderen Person diese Taten zugetraut hätte, wie wäre es ihr möglich gewesen, weiter unter Menschen zu leben? Man musste vertrauen. Sie hatte nicht gut über Emil gedacht, sie hatte gewusst, wie berechnend und kalt er war, sie hatte gesehen, wie er mit anderen Menschen umging, aber das Letzte, das Schrecklichste, das ganz und gar Böse, das war eine andere Sache, die reine Befriedigung seiner Triebe, das war eine andere Sache. Sie hatte gedacht, er würde sich wie jeder nach der Decke strecken, weil sich jeder nach der Decke strecken musste, wenn er keine kalten Füße bekommen wollte, und sie hatte geglaubt, er würde nichts anderes versuchen, als an eine größere Decke zu kommen. Sie hatte ihm vieles, fast alles zugetraut, um sein Ziel zu erreichen, aber sie hatte die Vorstellung zurückgewiesen, er würde dabei keine Grenze kennen.

Das war die Tatsache, vor der sie die Augen verschlossen hatte, viel zu lange. Menschen waren zu allem fähig. Und es war eine Erlösung, sich nichts mehr vormachen zu müssen. Emil war nicht der Schuldige, ein Verbrecher, ja, aber es war die Natur, die Schöpfung selbst, die Kreaturen wie ihn hervorbrachte, denn sonst würde es keine Kriege geben, keine Unterdrückung, keine Folter, keine Massaker. Wie oft hatte sie im Weltempfänger gehört, wie oft hatte sie gelesen, was Menschen einander antaten, wie sie über Leichen gingen, über Leichen, über Leichen, aber Emma war nicht tot, das konnte sie spüren, und das war keine Erleichterung, nicht im Geringsten, wenn sie tot wäre, hätte es ein Ende, hätte dieser Schmerz ein Ende, die Trauer um ihre Tochter könnte beginnen, aber sie war am Leben, und mit ihr lebte die Hoffnung, und es war diese Hoffnung, die sie an den Rand des Wahnsinns brachte, der Gedanke daran, es könne einen Moment geben, in dem sie das Kind in ihre Arme schließen würde und dass er nicht da war, dieser Moment, das war es, was ihr das Herz zerriss.

Als Carla zurückkam, am Samstagabend, brachte sie zwei große Tüten mit, die sie auf den Tisch warf. Es waren Kleider. Ihr verschwindet, sagte sie, und dann gab sie dem Streuner eine Adresse in Mailand, einen

Straßennamen und eine Nummer, und er verstand, er war erleichtert, Adelina spürte es. Sie waren einem Urteil entkommen, einem endgültigen Entscheid. Ihr Schicksal war gestundet, bis auf Widerruf.

Der Streuner suchte Adelinas Blick, aber sie fühlte, wie Carla zögerte und dass noch etwas anstand. Und dann schaute sie Adelina in die Augen.

Sag mir, wo deine Tochter ist.

Ich weiß es nicht. Vielleicht bei einem Assistenten von Ettore Sottsass.

Carla stutzte. Sottsass? Der Designer?

Sie schaute den Streuner an. Der nickte bloß, sie schnalzte, nahm ihre Tasche und war weg.

Die Kleidung passte, gute, weiche Jeans und ein Rollkragenpullover, dazu eine karierte Steppjacke, sogar eine Mütze hatte jemand einpackt. Der Streuner war von seiner leichten Hose und dem Dufflecoat nicht begeistert, aber er fügte sich, räumte eine Tasche aus und packte den alten Mantel und die schweren Zwilchhosen hinein.

Die Wohnung in Mailand hatte sechs Zimmer und lag in der vierten Etage, mit Blick nach Süden. Die Küche war gelb und grün gestrichen, Pflanzen, Bücher, Sofas, Bilder an den Wänden, Musik, die Heizung lief auf Hochtouren. Die junge Frau, die sie in kurzen Hosen begrüßte, hieß Gabi, war aus Würzburg und, wie sie erklärte, die einzige Deutsche hier. Im Korridor stand rauchend ein drahtiger Kerl mit Schiebermütze und beäugte die neuen Gäste. Das ist Max, sagte Gabi, und Max sagte nichts, glotzte nur, rauchte wortlos weiter, dann warf er Adelina einen Blick zu, der dem Streuner nicht gefiel, und es kam zu einem Wortwechsel, aber Gabi schob sich dazwischen, stieß Max in sein Zimmer und trieb die beiden durch den Flur in ein Eckzimmer, das hinaus auf einen Balkon ging. Adelina fragte sich, ob Gabi von Emma wusste, aber dann erkannte sie die vollkommene Gleichgültigkeit, mit der die Deutsche sie behandelte, wie sie ihnen das Zimmer und das Bad zeigte, einfach, weil sie es ihnen zeigen musste, weil sie den Auftrag bekommen und mit dieser Angelegenheit, worin sie auch bestehen mochte, sonst nichts zu tun hatte.

Sie stellten die Sachen ab, der Streuner setzte sich aufs Bett. Adelina wollte wissen, warum sie hier seien, wann Carla sich melden würde. Carla kannst du vergessen, meinte der Streuner. Wir warten auf Renato. Er entscheidet.

Dann hörte sie Türklingeln, Unruhe machte sich breit, Stimmen, und als Adelina etwas sagen wollte, hob der Streuner den Zeigefinger und gab ihr zu verstehen, sie solle still sein. Er ist da, sagte er, und es klang nicht gut, es klang ängstlich. Er stand auf, zog die Hose hoch, rieb sich das Gesicht, atmete tief ein und öffnete die Zimmertür.

Renato trug Lederjacke und einen Schnauzer, er hatte warme, freundliche Augen, er lächelte, das Lächeln eines Chirurgen vor der Operation, um die Kolleginnen aufzumuntern. Adelina spürte, wie nicht nur ihres, sondern das Wohl und Wehe aller Menschen in dieser Wohnung von diesem Mann abhing, obwohl sie keine Ahnung hatte, was der Grund dafür war und wie eine so unauffällige Erscheinung solche Macht über die Menschen hatte erlangen können.

Renato war ordentlich frisiert, die Schuhe, wenn auch alt, wirkten sauber, geputzt, nicht poliert, ein Ingenieur aus einer der Fabriken, das hätte man denken können, ein Familienvater, ein Grundschullehrer, jedenfalls ein ordentlicher Bürger. Gabi gab sich beschäftigt, räumte die Wohnung auf, leerte die Aschenbecher und steckte Schallplatten zurück in ihre Hüllen.

Zuerst sprach Renato mit dem Streuner, und sie sprachen unter vier Augen, in einem Zimmer, dessen

Bewohner ausgeflogen war. Nach einer Weile hörte Adelina eine laute Stimme, ein paar Sätze nur, dann war wieder Ruhe.

Als sich die Tür öffnete und der Streuner herauskam, erkannte Adelina ihn nicht wieder. Er war blass, völlig ohne Farbe, als habe man ihm das Blut aus dem Körper gezogen, jede Kraft und Spannung war gewichen, ein Geschlagener, der an Adelina vorbeischlurfte, sie sprach ihn an, er sagte nichts und verzog sich ins Zimmer.

Jemand hatte Musik aufgelegt, Lucio Battisti. Il mio canto libero. In einer Welt, die eine Gefangene ist, atmen wir frei, ich und du, und die Wahrheit offenbart sich uns nackt, dumdudumm, und Renato, der aus dem Zimmer getreten war, begann mitzusingen, gab wie ein Dirigent mit dem Finger den Takt an und war mit zwei raschen Schritten bei Gabi, die gerade ein Tablett mit einer Teekanne auf den Couchtisch stellte. Er nahm ihre Hand, zog sie in einen Tanz, sie lachte, zierte sich zwei Takte, dann ließ sie sich in seine Arme fallen. Dolce compagna che non sai domandare, ma sai che ovunque andrai al fianco tuo mi avrai, se tu lo vuoi, sie sangen im Duett, süße Gefährtin, du fragst nicht, aber wohin wir auch gehen, du wirst mich an deiner Seite haben, wenn du es willst, wenn du es willst. Renato führte Gabi, als könne er die ganze Welt zum Tanzen bringen, sie drehten sich, sie schlang ihre Arme um seinen Hals, vergrub die Hände in Renatos Haaren, und auch Adelina verlor sich in der Musik und erinnerte sich an eine andere Zeit, an eine Welt, in der sie einst, vor Ewigkeiten, zu Hause gewesen war, eine

Welt, in der es Musik gab, Trost, Gelächter, Freude, die Leichtigkeit eines sorglosen Herzens. Dann setzten die Fanfaren ein, der himmlische Chor erklang, engelsgleich, ein gesungenes Gebet. Adelina sah dem Paar zu, spürte den heißen Atem, eine eifersüchtige Zuschauerin, nicht zum Tanz gebeten, mit einem Hass auf jeden Tanz, auf jede Leichtigkeit, allein mit der bitteren Erinnerung, an die Schwerelosigkeit und an das Fallen, an andere Zustände, böse und zornig war sie, weil dieser Garten verschlossen blieb, der Geigenklang und das Geheimnis zwischen einer Frau und einem Mann, alles endgültig verloren. Aber diese Gabi aus Würzburg, sie besaß, was Adelina fehlte, die passende Verblödung, die nötige Teilnahmslosigkeit, die Blindheit für das Unglück, aber vor allem hatte sie das Kleid, ein nachtblauer Schirm, der sich im Drehen über ihren schlanken Beinen öffnete, und Adelina wünschte sich an ihre Stelle, wünschte sich Füße, die sie in Bewegung hielten, einen Rhythmus, der sie trieb, zwei Arme, die sie trugen, und dann wanderte der Tonarm in die Auslaufrille, die Nadel kratzte, das Lied war zu Ende.

Sie befand sich in einem Zimmer, in einer Dämmerung, in der nur Schemen zu erkennen waren, Umrisse einiger Möbel, an der Wand eine Gitarre. Adelina war in einen Sack gefallen, dessen Füllung sie in Rückenlage festbetoniert hatte, sie konnte sich kaum bewegen. Über ihr, auf einem Barhocker, saß Renato, neben ihm auf einem Glastisch lag die Pistole, die er aus dem Hosenbund gezogen hatte, und er schien auf etwas zu warten, aber als Adelina von Emma erzählen wollte, von dem, was geschehen war, unterbrach er sie.

Ich weiß, was geschehen ist, ich weiß, wer du bist, und ich verspreche dir, alles zu unternehmen, damit du dein Kind bald wieder in die Arme schließen kannst. Es gibt Neuigkeiten, ich werde dir davon berichten, aber zuerst müssen wir über eine andere Sache reden. Was ich dir sagen werde, wird dir nicht gefallen, aber ich bitte dich, mir zuzuhören, ohne zu urteilen. In deinem Kopf gibt es eine Stimme, und diese Stimme kommentiert alles, was du hörst, was du siehst, und jetzt gerade spricht sie ziemlich laut, und ich schätze, sie will wissen, was das für ein Kerl ist, der dir da gegenübersitzt, will wissen, was er von dir will und was er mit Pio gemacht hat.

Adelina nickte.

Du wirst auf alles eine Antwort bekommen, aber für einmal, nur für die nächsten Minuten, wirst du diese Stimme zum Schweigen bringen und anhören, was ich zu sagen habe.

Du kommst aus der Fabrik, Carla hat es mir erzählt. Du kennst die Stechuhr und das Fließband. Aber warum bist du dort gelandet, hast du darüber schon einmal nachgedacht? Gewiss nicht aus freiem Willen. Du bist in die Fabrik gegangen, weil du keine andere Möglichkeit hattest. Du hattest keine Wahl. Vielleicht hättest du deinen Körper verkaufen können, wenn du verstehst, was ich meine, verkaufen auf der Straße, den Männern. Ich weiß nicht, ob du daran gedacht hast, aber ich weiß, dass ich dich nicht verurteilen würde. Es wäre verständlich und naheliegend, und wenn du es dir genau überlegst, hast du das eigentlich auch getan, als du in die Fabrik gegangen bist. Du hast deinen einzigen Besitz auf den Markt getragen. Nur diese eine Sache gehört dir, nur über deinen Körper kannst du frei verfügen. Sonst hast du nichts. Deine Kleider noch, ein paar Möbel, die du auf Ratenzahlung erstanden hast. Du hast kein Geld, kein Haus, keinen Wagen, nichts. Wenn es anders wäre, wärst du niemals in die Fabrik. Du warst dazu gezwungen. Das ist keine Schande, gewiss nicht, aber hast du dir einmal überlegt, wie man Menschen nennt, die nichts besitzen als ihre Arme, ihre Beine, ihre Hände, ihren Leib?

Renato steckte sich eine Zigarette an, legte die Schachtel neben die Pistole, dann sprach er weiter mit seiner dunklen, ruhigen Stimme, ein Vater, der einem Kind die Welt erklärt.

Eine Sklavin bist du. Du magst das Wort nicht, du schämst dich, und das ist gut. Deine Scham zeugt von dem Willen, diesem Sklavendasein zu entkommen. Es gelingt dir nicht, obwohl du es versuchst, immer wieder versuchst, aber eins ums andere Mal scheiterst du. Du gehörst zu jenen, die man auf dem Markt feilbietet. Versteh mich nicht falsch, du bist hübsch und klug, aber von großem Wert bist du nicht. Er ist gerade hoch genug, damit du deinen Magen füllen kannst, dir ein hübsches Kleidchen kaufen kannst, einen Ausflug, einen Kinobesuch. Magst du das Kino? Schön, das Kino ist schön, und auch ein nettes Kleidchen ist schön, keine

Frage, und es ist schön, wenn man sich das leisten kann. Aber dein Marktwert erlaubt dir nicht, für dein Kind zu sorgen. Du hast dein Mädchen verloren, weil dir die Mittel fehlen, um es beschützen zu können.

Adelina merkte, der Mann wollte etwas von ihr, und sie musste vorsichtig sein. Es durfte ihr nicht ergehen wie Pio.

Jetzt bist du misstrauisch, unterbrach Renato ihre Gedanken, du denkst, ich will dir etwas verkaufen, nicht wahr, und Adelina fühlte sich ertappt, es schien, als könne Renato ihre Gedanken lesen.

Das ist kein Kunststück, lachte er, was in deinem Kopf vorgeht, ist einfach folgerichtig. Ich habe dir gesagt, dass du es nicht mögen wirst, und ich habe dich gebeten, für einmal nicht zu urteilen. Wir können hier aufhören. Möchtest du aufhören?

Adelina schwieg.

Du bist nicht allein, fuhr Renato fort, in diesem Land hier, in diesem schönen, reichen und wunderbaren Land verkaufen sich viele Menschen. Sie verkaufen sich in die Fabriken von Siemens und von Fiat, und wer da keine Stelle findet, geht in den Norden, verkauft sich in die Fabriken in der Schweiz oder in Deutschland. Und wer einmal am Band steht, der kommt nie wieder weg. Der Fabrikbesitzer bezahlt den Arbeitern gerade so viel, dass sie eine Unterkunft und das Essen bezahlen können. Für viele ist das eine Verbesserung ihrer Lage, für viele alles, was sie in diesem Leben erwarten können. Jeder träumt von einer besseren Zukunft, und wenn ein Mensch ohne Arbeit die Möglichkeit hat, sein Brot und sein Bett zu verdienen, wie könnte er dieser Verlockung widerstehen? Sie hoffen auf ein paar Privilegien, einen besseren Lohn, eine Stelle als Vorarbeiterin, damit man nicht immer getreten wird, sondern selbst jemanden hat, den man drangsalieren kann. Du willst wissen, was ich mit Pio zu besprechen hatte. An einige Tatsachen habe ich ihn erinnert. Er ist ein guter Kerl, aber ihm fehlt der Mut, er stellt sich der Wirklichkeit nicht. Du bist anders. Ich sehe das. Ich sehe deine Stärke, ich sehe, du bist klug. Niemand ist alleine in seinem Elend. Das ist die erste Tatsache. Du hast dein Kind verloren, das ist furchtbar, ohne Zweifel, aber es ist nichts Besonderes, eine Spielart der tausend Möglichkeiten, wie das Leben dich treffen kann. Weißt du, was ein weißer Mord ist? Hast du davon gehört? Eines Abends kehrt ein Mann nicht nach Hause zurück. Er ist in der Fabrik geblieben, die Maschine hat ihn gefressen. Ich kenne die trostlosen Wohnungen, in denen eine junge Witwe mit drei Kindern sitzt und nicht weiß, wovon sie die nächste Mahlzeit bezahlen soll. Ich kenne die Männer in der Blüte ihrer Jugend, die mit dem Leben davongekommen sind und nur einen Finger, eine Hand, einen Arm, ein Bein in der Werkhalle gelassen haben, zerquetscht in der Presse, verbrüht in der Legierung, verbrannt im Ofen. Ihnen fehlen nicht nur Gliedmaßen, es sind Versehrte, fürs Leben verloren, die Flasche, das Heroin, die Medikamente zum Freund, zum alleinigen Trost. Bei Siemens gibt es jährlich acht Dutzend weiße Morde, Arbeitsunfälle in der Sprache der Fabrikbesitzer. Ein Unfall ist ein unvorhergesehenes Ereignis, aber ich kann dir sagen, wie viele Arbeiter von heute bis Weihnachten in einer Maschine bleiben werden, es werden sechsunddreißig alleine in Mailand sein. Ich bin kein Magier, mit Kristallkugeln habe ich nichts zu tun, ich halte mich an die Tatsachen und an die Statistik. Wenn aber jährlich Hunderte und Tausende ihre Gesundheit und ihr Leben in der Fabrik lassen, wie kann jemand von Unfällen sprechen? Es sind Regelfälle. Und niemand ist bereit, etwas daran zu ändern. Eine neue, sichere Maschine ist teurer als ein Menschenleben. Der Akkord muss erfüllt werden, und Zeit ist bekanntlich Geld. Das lebendige Fleisch spielt keine Rolle.

Jetzt schaust du wieder so und fragst dich, was das mit deiner Emma zu tun hat. Lass es mich erklären. Jeder Mensch braucht eine Erklärung für das Unglück, das ihn ereilt, und diese Menschen, die Versehrten aus den Fabriken, wenn ich sie frage, was mit ihnen geschehen ist, dann antworten sie mit den Begriffen der Fabrikbesitzer. Ein Unfall. Obwohl sie die Zahlen kennen, obwohl sie wissen, wie häufig es geschieht, aber der Stolz verbietet ihnen, sich in diese Reihe zu fügen, das System zu sehen, das sie zu Krüppeln gemacht hat. Jeder möchte sein eigenes Schicksal haben, selbst wenn es ein grässliches, hoffnungsloses ist. Jeder will eine Ausnahme sein. Jeder kämpft um ein eigenes Leben, um eine eigene Geschichte, aber das gibt es nicht, nicht in den Verhältnissen, die uns alle in dieselben Umstände zwingen. Auch du glaubst, deine Geschichte habe dich in dieses Zimmer geführt, die Entscheidungen, die du getroffen hast. Aber du hast keine eigene Geschichte.

Was du erlebt hast, es ist ein Typenschicksal, Dutzendware, Stückware, ein Massenprodukt, geformt und gefertigt von der Industriegesellschaft, und ich weiß, wie schmerzhaft diese Erkenntnis ist, wie demütigend, wie verletzend. Aber wenn du dein Kind zurückhaben willst, wenn du es wirklich befreien willst, wenn du dich befreien willst, dann wirst du dich dieser Tatsache stellen müssen. Wenn du dich ihr verweigerst, nicht einsiehst, bloß ein klitzekleiner Teil einer unvorstellbar großen Masse von versklavten Menschen zu sein, dann wirst du vernichtet, dann musst du vernichtet werden, dann ist es richtig, dass du vernichtet wirst. Dann hast du kein Recht, dich einen Menschen zu nennen. Jetzt fürchtest du dich, und ich verstehe das. Deine Furcht ist notwendig, aber wenn du denkst, ich würde dir hier drohen, dann irrst du dich. Ich tue dir nichts, ich tue Pio nichts, niemandem. Du bist frei, du kannst gehen, wenn du das willst, dann pack deine Sachen und verschwinde. Aber wo willst du hin? Wem willst du entkommen? Den Verhältnissen? Der Wirklichkeit? Du weißt, dass dir da draußen niemand helfen wird, schon gar nicht die Polizei. Sie ist nicht auf deiner Seite. Niemals, in der ganzen verdammten Weltgeschichte nicht, war die Staatsgewalt auf der Seite der Versklavten. Die Nationen haben sich verbündet, verbündet gegen die Fabrikarbeiter, gegen die Besitzlosen. Sie haben Kontingente erlassen, damit der Zustrom aus dem Mezzogiorno für die Fabriken im Norden nicht abreißt. Man gibt ihnen eine Zeitkarte für neun Monate, damit sie niemals ankommen, niemals sesshaft werden, ihre

Kinder nicht, sie sollen Fremde bleiben, man braucht sie rechtlos, als Verfügungsmasse. Und wenn man sie nicht mehr braucht, dann werden sie entsorgt, zurück in die Löcher gekarrt, aus denen sie gekommen sind.

Er schaute sie an.

Warum weinst du? Nimm ein Taschentuch, spar dir die Tränen, ich bin nicht am Ende.

Er ließ ihr einen Moment, dann fuhr er fort.

Ich weiß nicht, was man über mich erzählt. Ich bringe keine Menschen um. Ich bin kein Mörder. Ich bin bloß das Werkzeug der Tatsachen, und es sind die Tatsachen, die töten. Ich hoffe, Pio versteht es. Wenn er nicht aufpasst, werden ihn die Tatsachen vernichten, und wenn du nicht aufpasst, werden sie dich auch vernichten. Vielleicht haben sie bereits deine Tochter vernichtet, ich weiß es nicht, und wie gesagt, ich werde alles tun, mein Leben werde ich geben, um Emma zu finden, aber niemand kann etwas gegen die Tatsachen ausrichten. Und jetzt sehe ich, wie du mich anschaust und dich fragst, wie ich das anstellen will, wie ich dir helfen kann. Aber du stellst die falsche Frage. Ich kann dir nicht helfen. Du musst mir helfen. Ich brauche dich. Ich habe auf dich gewartet, und auch wenn es dir schwerfällt, mir zu glauben, so ist es doch die Wahrheit.

Renato machte eine Pause, steckte sich ein Bonbon in den Mund, reichte Adelina die Schachtel, sie griff zu, und gemeinsam lutschten sie eine Weile an ihren Minz-Pastillen.

Ich will dir eine Frage stellen, fuhr er dann fort. Als du in der Fabrik warst, hast du jemals dein Elend mit deinen Kolleginnen geteilt? Hast du mit ihnen gesprochen, hast du dich über deine Gefühle und deine Gedanken ausgetauscht? Am selben Band habt ihr gesessen, ihr hattet denselben Aufseher, denselben Hungerlohn, dieselben Schichten, ihr habt in der Kantine denselben Kaffee getrunken, dieselben Kleider habt ihr getragen. Geglichen habt ihr euch wie ein Ei dem andern. Aber euch ausgetauscht, euch zusammengeschlossen, das habt ihr nicht, stumm und in eurem Elend hocken geblieben seid ihr. Ich kenne den Grund dafür. Du hast deine Kolleginnen verachtet, wolltest nichts mit ihnen zu tun haben. Du warst eine von ihnen, und trotzdem hast du auf sie hinuntergeschaut, sie mit Herablassung behandelt. Du hast gesehen, was für ein Leben sie führen, in welch sinnlosem Dasein sie gefangen sind, aber es war deine Eitelkeit, die dich glauben ließ, es werde für dich einen Ausweg aus dieser Mühle geben, aus diesem Käfig, und dir alleine würde die Flucht gelingen. Du warst nur durch unglückliche Umstände an diesem Band gelandet, aber die anderen Arbeiterinnen, dachtest du, waren dort, weil sie an dieses Band gehören. Und deine Kolleginnen haben dasselbe von dir gedacht. Die Verachtung wurde dir beigebracht, in der Schule hat man sie euch gelehrt. Und die bunten Zeitschriften haben deine Eitelkeit geweckt, gestreichelt, gepflegt und angestachelt. Ein besseres Leben ist möglich, erledige deine Pflicht, dann darfst du hoffen. Hoffnung. Deshalb bist du hier. Weil du gehofft hast. Deshalb ist Emma weg. Aber das ist vorbei. In diesem Zimmer endet die Hoffnung. Von diesem Moment an bist du frei von Hoffnung. Wenn du durch diese Tür gehst, gibt es für dich keine Täuschung mehr. Du bist eine Sklavin, dein einziger Besitz ist dein Körper, und das ist die beste Nachricht, die du in deinem Leben vernommen hast. Denn diesen Körper besitzt du, sogar wenn man dich in einen Kerker sperrt, wenn man dich in Ketten legt, selbst dann kann dir niemand deinen Körper nehmen. Und das ist nicht alles. Du weißt es nicht, aber du bist im Besitz der tödlichsten Waffe des Universums, und Renato nahm seine Pistole, mächtiger als die hier.

Das hier ist nur ein Stück Eisen. Er ließ das Magazin aus dem Griff gleiten, spitzte eine Patrone ab, klemmte sie zwischen Daumen und Zeigefinger und hielt sie Adelina vors Gesicht. Erst damit wird diese Waffe gefährlich. Du hast einen Kopf, darin ein Gehirn, eine Waffe, aber noch ist sie ohne Munition, ohne Bewusstsein. Erst das Bewusstsein gibt dir Macht, dich zu befreien, dich und deine Tochter. Was das ist, ein Bewusstsein? Es ist die Zurückweisung der Täuschung, die Anerkennung der Tatsachen. Ich kann dir nicht helfen, niemand kann dir helfen, wenn du dich dieser Erkenntnis verweigerst.

Aber jetzt weißt du, was die Sklavenhalter am meisten fürchten. Am meisten fürchten sie sich vor deinem Bewusstsein. Und glaube mir, sie werden ihre ganze Macht in Stellung bringen, damit du weiter als Köter lebst, den Konditionierungen folgst, die sie dir beigebracht haben. Sie wollen nicht, dass du dich bildest, nur dressiert und abgerichtet haben sie Verwendung für dich.

Er zerbiss den letzten Rest seines Bonbons, drückte die Patrone ins Magazin, lud, sicherte und legte die Waffe wieder auf den Tisch.

Wir haben den Assistenten gefunden, fuhr er dann fort. Er heißt Stefano Oleano. Wir haben ihm einen Besuch abgestattet. Jetzt schaust du. Jetzt bist du erleichtert. Aber es war nicht Erleichterung, es war Liebe, die Adelina für diesen mutigen und mächtigen Mann empfand. Er hatte alles verstanden, ihr Unglück und das Unglück der Welt, und sie liebte seine Worte, und sie liebte seine Waffe, mit der er ihre Tochter zurückholen und der Gerechtigkeit zum Sieg verhelfen würde.

Ich habe dir gesagt, ich werde alles tun, um dir zu helfen. Dein feiner Emil hat sich bei ihm gemeldet, er war offenbar ziemlich durcheinander und hat nach einer Unterkunft gefragt. Der Assistent sagt, er habe ihn zu einer Freundin nach Cuneo geschickt. Wir werden das überprüfen. Mit wem hast du dich da bloß eingelassen? Das sind schlimme Leute, kleine Opportunisten, sie finden immer Gründe, den eigenen, niederen Instinkten den Vortritt zu lassen. Sie richten sich nach dem stinkenden Wind, nach jeder Kloake. Dort finden sie ihr Futter. Wie Ratten riechen sie den Müll, den Abfall. Stets eine Sache am Laufen, stets ein Auge für den eigenen Vorteil, wie man nicht nur den Zipfel, sondern die ganze Wurst ins Maul bekommt. Kleine Halunken, sie vergiften die Welt, weil es so viele sind, die Korrupten, Verdorbenen, habe ich nicht recht?

Adelina dachte an den Vermieter und an die Barbesitzerin, die gehörten dazu, Toto gehörte nicht dazu, der war nicht verdorben wie Emil. Renato durchschaute Emil, das musste sie zugeben, und auch als er meinte, man treffe diese Brut auf der ganzen Welt an, sie seien gerecht verteilt, in Zürich dasselbe wie in Mailand, nichts Neues unter der Sonne, da musste sie ihm zustimmen. Sie fürchtete sich vor ihm und bewunderte Renato gleichzeitig für seine Klugheit, wie er ihren Gedanken zuvorkam und jeden Widerspruch, den sie innerlich formulierte, in Worte fasste und wieder einfing. Wie ein Pferd an einer Longe führte er sie, er ließ sie Kapriolen machen, bevor er die Leine straffte. Adelina merkte es, sie revoltierte, aber sie wehrte sich nicht lange und ließ sich zügeln. Niemand hatte je auf diese Weise mit ihr gesprochen. Wenn es auf der Welt jemanden gab, der ihr helfen konnte, dann Renato und seine Organisation, deren Umrisse sie nur erahnte in der fast vollständigen Dunkelheit eines Herbstabends. Sie wusste nicht, wer diese Leute waren, aber ihre Macht musste groß sein, nicht nur für sie, die schwache, kleine, hilflose Adelina, nein, diese Macht beherrschte Gabi und den Streuner, sie beherrschte Carla und wer weiß, womöglich regierte sie die Straße, das Viertel, die Stadt, die Provinz, das Land, dieser Macht unterwarfen sich Tausende, sogar Hunderttausende, aber sie begriff nicht, was der Ursprung dieser Kraft war, dieser Bewegung, dieser Organisation, und sie verstand ebenfalls nicht, was ihr Platz war, was er meinte, wenn er sagte, man habe auf sie gewartet, welche Rolle sie spielen, welchem Zweck sie dienen sollte, und ein weiteres Mal fühlte sie sich gefangen in einem Rätsel, das jemand für sie erfunden hatte.

Und dann sah sie Emma, sie war zuerst nur eine Ahnung hinter einer Tür, Adelina wagte einen Blick, und da war sie, ihre Tochter, ihr Kind, die Bluse schmutzig, das Gesicht schmutzig, Tränen in den Augen, die Kleine war hungrig und verlassen und alleine. Adelina sackte ins Bodenlose, sie fiel und schlug hart auf, eine Erschütterung, die sie kein zweites Mal überleben würde. Wenn hinter dieser Tür ihre Emma war, dann stand daneben gleich der Wahnsinn, und wenn sie das Kind nicht verlieren wollte, musste sie bei Sinnen bleiben. Das würde ihre erste Aufgabe sein. Der Schmerz würde sie früher oder später um den Verstand bringen, sie musste ihn vermeiden, sie durfte den Verlust nicht akzeptieren, das Kind nicht verloren geben, kämpfen und niemals aufgeben. Adelina vertrieb das Bild, schloss die Tür, nicht vollständig, sie blieb angelehnt, und sie hörte das Wimmern ihres Kindes, aber langsam verblassten die irren Phantome, sie richtete sich auf und fragte Renato: Was soll ich tun?

Er lächelte.

Du wirst nach Zürich fahren. Ein Freund wird dich erwarten. Er wird dir eine Tasche geben, und du wirst diese Tasche nach Mailand bringen. Wir kümmern uns in der Zwischenzeit um Emma. Wir werden sie finden. Der Bursche kommt nicht weit, ich verspreche es dir. Du kannst dir auf der Reise schon einmal ausdenken, was du mit ihm anstellen willst.

Sie war zurück im Zimmer bei Pio, der reglos auf der Matratze lag, und sie wusste, sie wollte nicht mehr nach Torre, selbst wenn sie Emma dort finden würde, ach, das Kind, sie wollte nicht nur ihr Kind in den Händen halten, sie wollte auch dieses Schwein vor sich haben, wehrlos, hilflos, sie wollte ihn zur Rede stellen, gefesselt auf einem Stuhl würde er ihr Antwort geben müssen, und wenn sie alleine nach Torre ging, dann hätte sie die Macht dazu nicht, sie brauchte dazu Renato, sie hatte einen Jäger gefunden, und damit hatte diese Pest nicht gerechnet, mit diesen Verbündeten, mit dieser Macht, und deshalb würde sie nach Zürich gehen, deshalb würde sie das Paket abholen, ihren Teil des Vertrages erfüllen, und Renato hatte recht, sie konnte sich schon einmal überlegen, wie sie mit Emil verfahren wollte, mit diesem Dreck, mit diesem Auswurf. Sterben musste er, das war keine Frage, das war nur gerecht, jeder würde es verstehen. Eine Kugel zwischen die Stirn, das wäre zu wenig, die Fingernägel wollte sie ihm ausreißen, die Augen ausstechen, und sie sah es, sie fühlte es, wie sie ihm mit der Gabel zuerst das linke, dann das rechte Auge aus den Höhlen kratzte, sie wollte ihm die Nase, die Ohren abschneiden, sie wollte ihn verbrennen, sehen, riechen, wie seine Haare versengten und die Kopfhaut in der Hitze platzte, und doch hätte er nichts erlitten, was sie erlitten hatte, den Schwanz, die Eier müsste sie ihm absäbeln, auch wenn es da nicht viel zu säbeln gäbe.

Sie biss sich auf die Unterlippe, bis sie den Geschmack von Eisen im Mund spürte, aber das reichte nicht, und sie sah im fahlen Schein der Lampe diesen bärtigen Kerl auf der Matratze am Boden da liegen, noch ein Versager, zu nichts nütze, wahrscheinlich morgen schon tot, von Renato oder von Carla erledigt, und sie verpasste ihm einen Tritt, und wie ihr Fuß in seinen Unterleib schnellte, fühlte sie eine ungeheure Erleichterung, als fiele das Gewicht der Welt von ihr. Zuerst waren es nur Kiesel, dann größere Brocken, die in Bewegung gerieten, ein Felssturz, und sie trat ihn wieder, diesmal gegen den Kopf, aber er wich aus, rollte sich zur Seite, und sie sprang auf ihn, packte ihn an den Händen, drückte ihre Finger in sein Gesicht, dann schlug sie ihn, biss ihm in die Hand, mit der er sich schützen wollte, er schlug ihr ins Gesicht, ein Schlag, der ihr für einen Moment die Besinnung raubte, sie weckte, eine wunderbare Erfrischung, dann kehrte sie zurück in ihren Taumel, spuckte ihm ins Gesicht, er wischte sich die Spucke mit der Faust aus dem Gesicht, sie spuckte wieder, er leckte sich die Faust ab, grinste, sie nahm seinen Kopf in die Hände, riss an seinen Ohren, bis er schrie, aber als sie endlich von ihm ließ, als der Morgen dämmerte, war sie bereit, nach Zürich zu fahren.

In Zürich war nichts, buchstäblich nichts, die reine Leere, ein Himmel wie ein Nichts, grau den November überspannend, die Lichter spärlich in den leeren Straßen, leere Menschen mit leeren Gesichtern. Um halb zwölf am Vormittag war sie in Mailand in den Zug gestiegen, in neuer Garderobe, Kleider, die sie nie getragen hatte, aus dem Kaufhaus Rinascente beim Dom. Gabi hatte ihr morgens wortlos einen Umschlag in die Hand gedrückt, darin eine Adresse in Zürich, eine Fahrkarte und Geld, unverschämt viel Geld, Lire und Schweizer Franken, und sie dummes Huhn hatte sich bedankt, wie sie sich immer für Geld bedankte, aber Gabi hatte nur geschnaubt, sie solle sich nichts einbilden, das Geld gehöre dem Volk und dem revolutionären Kampf, es sei Mittel zum Zweck, keine Auszeichnung, keine Anerkennung. Sie brauche Kleider, in dieser Kluft könne sie nicht einen TEE-Zug steigen, sie würde auffallen.

Adelina hatte ein hellbraunes Kostüm gewählt, Wildlederstiefel, ein Regencape und eine Mütze aus Kaschmir, war beim Friseur gewesen, nur die Maniküre hatte sie ausgelassen und stattdessen im Zug zwischen Como und Chiasso braunen Lack auf die Nägel gestrichen. Sie fühlte sich verwandelt, eine höhere Tochter, die Frau eines Arztes, das war sie jetzt, und der Herr, der sich in Lugano in ihr Abteil setzte, ein Mann mit Aktentasche und Regenschirm, musterte sie verstohlen, sie erkannte es im Fenster. Die Frau in fremden Kleidern wandte sich ihm zu, breitbeinig, frivol, aber der Ärmste, der eine dicke Nase hatte, geschwollen, rot und glänzend, wagte nicht hinzuschauen, was ja ganz schade und töricht war. Sie war erstaunt, wie bequem und wie rasch sie vorwärtskamen, der Zug glitt dahin, kaum ein Rütteln, kaum ein Schütteln, nur der Mann zitterte und bebte, bis der Zug durch das Südportal des Gotthardtunnels fuhr. Im Abteil ging kein Licht an, es war finster wie im Bauch eines Ungeheuers. Der Mann stand auf, drückte den Schalter über der Tür, keine Veränderung, der ganze Zug war dunkel, ist ja kein Unglück, fünfzehn Kilometer, sagte er, keine Viertelstunde, dann sind wir durch. Sie spürte seine Angst, und seine Angst bereitete ihr Freude, Hosenscheißer, sie flüsterte es, sie wollte, dass er es hörte. Vor dem Fenster erschien manchmal ein Licht und verschwand in der nächsten Sekunde, und in der Dunkelheit erinnerte sie sich an Renatos letzte Bemerkung, bevor er das Zimmer verlassen hatte. Darüber würde sie nachdenken müssen. Und als das Licht zurückkam, da lachte sie über ihren erschrockenen Mitreisenden, wie er in der Ecke saß, blass, und seinen Regenschirm umklammerte.

Im Norden das Grau, Novemberwetter, Totenmonat, und mit jeder Minute, mit jedem Meter, mit dem sie sich Zürich näherten, fühlte sich Adelina leichter. Sie hatte keinen Ort, sie war da nicht zu Hause, und sie hatte auch kein Hotel, eine Unterkunft für die Nacht musste sie erst finden.

Es war eine Welt ohne Gehör, eine Welt, in der jeder nur auf sich achtete, und sie begriff, wie wenig sie auffiel, dass niemand ahnte, wie es in ihr aussah, unter ihren Kleidern. In der großen Halle ein Mann in Livree, er rief die Schlagzeilen der Neuen Zürcher Zeitung durch die Passanten, Abendausgabe, Kissinger in Peking, Unterzeichnung des Waffenstillstands-Abkommens im Suez. Er verkaufte die Toten, die Hoffnung als Ware, umgehängt ein Geldwechsler, er sang sein Lied von den Juden und den Arabern, ein Lied aus dem blutigen Osten, nah oder fern.

Seltsam, wie frei sie sich fühlte, wie unbeschwert. Adelina wusste nicht, was der kommende Tag, die nächste Stunde bringen würde. Sie hatte das Gefühl, ihre Schritte in diese oder in die andere Richtung lenken zu können, alle Wege waren offen. Sie hatte einen Auftrag, aber wie sie diesen Auftrag ausführte, war ihr überlassen, und zum ersten Mal fühlte sie sich wichtig, sie wurde gebraucht. Etwas Wesentliches hing von ihr ab, davon, wie schlau sie agierte, wie vorsichtig, wie durchdacht, auch wenn sie nicht genau verstand, was diese Sache war, was Renato wollte, natürlich, eine andere Welt, die Abschaffung dieser Verhältnisse, aber wie die Welt danach aussehen sollte, das war ihr schleierhaft. Sie hatte Angst vor Renato, aber es war eine andere Angst, eine, die durch Macht bedingt war, eine unwidersprochene, eine wirkliche Macht, eine, die von ihr anerkannt wurde. Um der Sache willen würde er niemanden schonen, keine Kompromisse eingehen, er hatte keine Angst, umzukommen, sich zu opfern, er hatte sein Leben an nichts gehängt, außer an den Kampf um die Wahrheit, und sie gierte danach, mit ihm ein Gespräch zu führen, ihm zuzuhören, und wenn sie jetzt in dieser Stadt war, in dieser Herzkammer des Kapitalismus, dann war sie froh, wie gut sie die Topografie kannte, sie bewegte sich hier wie ein Fisch im Wasser, sie kannte die Tramlinien, wusste, wo die Postfilialen waren, wie man sich benahm, und wenn sie ihre Haare färben und sich kleiden würde wie eine Schweizerin, konnte niemand ihre Herkunft erahnen. Sie verstand jetzt, warum sie der Organisation nützlich sein konnte. Das Schicksal hatte sie an diesem kalten Ort aufwachsen lassen, und jetzt konnte sie daraus einen Vorteil ziehen, nicht nur für sich, wenn sie auch merkte, wie sagenhaft köstlich dieses Gefühl war: niemand, der sie erwartete, niemand, der sie erkannte, niemand, der etwas von ihr wollte.

Als Emil sie losgekauft hatte vom Schuldengnom, da hatte sie eine Erleichterung gespürt, eine Last war von ihr abgefallen, die tägliche Bedrohung des Privatkonkurses, aber das hier, das war nicht Erleichterung, es war Ermächtigung.

Die Stadt klang fürchterlich, ein quietschender, stählerner Ton knirschte durch die Straßen, das Wetter war ekelhaft, eine eisige, scheußliche Luft schlug Adelina ins Gesicht. Das Zimmer, das sie in einem Hotel hinter dem Bahnhof nahm, war nichts als ein Bett und ein Stuhl und eine weiße Wand und in der Ecke ein gähnendes Waschbecken, das Klo auf dem Flur, trostlos und zugig, über allem ein schlechter Odem, schlechtes Essen, Schweiß, menschliche Ausdünstungen. Das junge Ding an der Rezeption hatte gestutzt, als Adelina ihren Ausländerausweis auf die Theke gelegt hatte. Da stand die alte Adresse, die Wohnung, die sie mit Toto bezogen hatte. Sie hatte die Papiere nicht erneuert, und jetzt sah sie die Fragen in den Kopf der Frau steigen, warum jemand mit einer Zürcher Anschrift ein Zimmer benötigen sollte, warum eine Frau mit der Anschrift in einem Arbeiterviertel eine bürgerliche Garderobe trug, und sie hätte nur eins und eins zusammenzählen müssen, um zu sehen, dass die Sache faul war, aber nein, es kümmerte sie nicht, nichts kümmerte sie, auch sie war leer und mit sich selbst beschäftigt, heftete den Meldeschein ab, hatte ihre Pflicht erledigt. Darum ging es, weitere Fragen waren unnötig, solange die Leute bezahlten, war alles in Ordnung, und vermutlich tauchten hier ganz andere Gestalten auf. An Adelina war nichts außergewöhnlich, in keiner Hinsicht, da hatte Renato recht. Sie erregte keinen Verdacht. Das flaue Gefühl im Magen war unbegründet, schließlich hatte sie nichts verbrochen, sie durfte diese Kleider tragen, sie durfte sich ein Hotel nehmen, daran war nichts verboten.

Und weil sie es im Zimmer nicht aushielt und weil sie hungrig war, ging sie raus, den Fluss entlang hinüber ins Niederdorf, setzte sich in einen Gasthof, und auch hier, keine Bemerkung, kein Argwohn, der Kellner nahm die Bestellung auf ohne weitere Frage, brachte das Schnitzel mit den Nudeln, wünschte guten Appetit, fragte, ob es schmecke, und sie erwog, auf den Tisch zu steigen und zu schreien, wie wenig in Ordnung war, es durch den Saal zu brüllen, an diesem gewöhnlichen, öden Montagabend, aus dem es keine Rückkehr gab, und als sie aufblickte, sah sie weit hinten, hinter dem riesigen Weinfass, unter dem Kandelaber, am großen Tisch einen Mann sitzen, einen Mann in seiner ewigen Lederjacke, ein Mann, der sich die Haarsträhne hinters Ohr geklemmt hatte, sie sah ihn aus der Weite, wie er seinen Teller leer schaufelte, zwischen den Bissen hochsah zu den anderen Gästen an seinem Tisch, und sie sah, er war älter, aber er hatte sich nicht verändert, nur sein Rücken war krummer geworden und die Jacke abgewetzter, und Adelina schämte sich, nicht für sich, nicht für den Verlust, nicht für Emma, sie schämte sich für diesen Kerl, für die Armseligkeit, in der er gefangen war, wieder hier, wieder auf dem Bau, wieder in der Baracke, um ein paar Franken zu verdienen, sein Maul zu stopfen, sein eigenes, und sie sah, wie Toto genau wie früher die Ärmel seiner Jacke hochgeschoben hatte, die Hemdkragen über den Jackenkragen gelegt, dieselbe Kette am Handgelenk und mit demselbem schüchternen Lächeln eine Bemerkung quittierte, und einen Moment erwog Adelina, zu ihm hinzugehen, ihn anzusprechen, in das Vertrauen zu ziehen, einzuweihen in alles. Eine Erinnerung erfüllte Adelina, ein Trugbild stieg auf, es war, als sei sie nach Hause gekommen, Toto sei nach Hause gekommen, wie damals, wenn er für ein paar Minuten verschwunden war, um an der Ecke eine Flasche Bier zu holen, sich auf den Stuhl fallen ließ und mit einem Grinsen den Verschluss von der Flasche schnippte, sie in einem Zug halb leer trank, der Schaum auf seiner Oberlippe, aber das war ein anderer Mensch gewesen, ein anderes Leben.

Er gehörte nicht mehr dazu, so nah sie ihm einst gewesen war, und es waren kaum drei Tage, da hatte Adelina von Toto geträumt, heiß und süß und voller Sehnsucht, es war ein anderer Mensch gewesen, von dem sie geträumt hatte, jemand, den es nicht mehr gab, der verschwunden war in der vergangenen Zeit, der Vater ihres Kindes, der jetzt aufstand, um einer Frau Platz zu machen, eine verwitterte Blonde mit weitem Ausschnitt, und Adelina sah, wie dieser Mensch ihr zwischen zwei Bissen etwas ins Ohr flüsterte und wie die Frau in ein vulgäres Lachen ausbrach, das bis zu ihr herüberdröhnte. Er hatte jemanden gefunden, und das war gut so, er brauchte jemanden, bei dem er unter die Decke kriechen konnte dann und wann, eine Frau, die sich mit seiner schlichten Männlichkeit zufriedengab, die ihm das Gefühl vermittelte, für eine Nacht ihr Held zu sein, der einzige Mensch auf der Welt, das war genug, mehr verlangte er nicht. Er hatte keine Ahnung, was in der Welt geschah, er sah seinen Lohnzettel, er sah die nächste Mahlzeit, und das war gut so, sie konnte es ihm nicht verargen, sie spürte keinen Groll, bloß abgrundtiefes Mitleid, eine Trauer befiel sie, ein verlorenes Leben, voller Gefühle und Fürsorge, aber ohne Geist, ohne Bewusstsein, woher auch. Ob er wohl an sie dachte, manchmal, an seine Tochter, ob er versucht hatte, mit ihr in Kontakt zu treten? Und was er wohl sagen würde, wenn sie zu ihm hingehen würde? Ob er sie erkennen würde? Und er hatte immer noch etwas von einem Tänzer, wie er sich bewegte, die Geschmeidigkeit, die Zärtlichkeit in seinen Bewegungen, wie er niemals zu laut sprach, aus Sorge, er könnte jemanden erschrecken. Sie sah es noch, selbst über diese Entfernung, und sie war verzaubert davon, von der Liebe, die sie für diesen Menschen empfunden hatte, und wie unberührbar er geworden war, eine Blume in einem fernen Garten, und sie wollte ihn nicht stören, weil sie wusste, er würde dieser Frau die schönsten Stunden ihres Lebens schenken, er würde ihr alles geben, was ein Mensch verlangen konnte, die Aufmerksamkeit, das Gefühl, am einzigen Ort des Universums zu sein, auf den es wirklich ankam.

Und so ging sie zurück in ihr Zimmer, und es erschien ihr nicht mehr trostlos. Alles, was sie benötigte, war da, ein Waschbecken, um sich die Zähne zu putzen, es gab einen Lappen, mit dem sie sich das Gesicht waschen konnte, ein Laken, das sie warm halten würde in der Nacht, ein Bett, um Ruhe zu finden, ein bisschen Schlaf, bevor der Morgen graute und sie erfrischt aufstand. Es gab niemanden, der sie störte, es gab keinen

Gedanken, der sie aufhielt, und so zog sie sich an, ihre Kleidung, die ihr passte, wie nie eine Kleidung gepasst hatte, gerade deswegen, weil es nicht ihre eigene war, sondern ein Kostüm. Adelina brauchte sie, das war Teil des Auftrags, nicht Teil ihrer Persönlichkeit, und sie war den Schuhen dankbar, ein Teil ihrer notwendigen Ausrüstung, und alles erfüllte seinen notwendigen Zweck, und alles, was geschehen war, hatte sie darauf vorbereitet, niemand zu sein, kein eigenes Bedürfnis zu verfolgen, keinen Ehrgeiz zu haben, der in ihr begründet lag, und dieses Gefühl befreite sie von der Trauer, die sie spürte wie eine verblassende Erinnerung. Sie hatte keine Geschichte, sie war eine Gestalt, ein Schatten der Zeit, alles, was mit ihr geschah, war nur die Wirkung einer anderen Ursache, und ihre Aufgabe bestand darin, niemals auszubrechen aus der Kette der Ereignisse, keinen Ausweg zu suchen, ganz in der Wirkung aufzugehen. Auszubrechen würde bedeuten, den Schmerz zu feiern, und jeder Wunsch, jedes Begehren nach einem anderen Leben würden nur das Leid fortsetzen. Sie begriff, wie eitel sie war, und sie wusste, sie würde diese Eitelkeit überwinden, nicht heute, nicht morgen, aber eines Tages würde es ihr gelingen.

Sie las den Zettel mit der Adresse, dann zerriss sie ihn und warf die Schnipsel in die Kloschlüssel. Da gingen sie hin, da wurden sie von der Spülung verschlungen, und es kam ihr vor, als wäre auch die alte Adelina zerrissen und verschwunden. Sie wusste nicht, ob es einen Fetzen gab, den sie hätte retten mögen, aber es beruhigte sie, dass nichts an ihr mehr eine Bedeutung hatte und jeder Versuch, sich vom Gegenteil zu überzeugen, eine Täuschung war, eine Sehnsucht einer Wahrheit, die nur eine neue, eine weitere Täuschung war.

Es war ganz einfach, es war die leichteste Aufgabe, die sie jemals zu erfüllen hatte. Eine Hand stellte eine Tasche auf die Bank, auf der sie sich einen Moment niedergelassen hatte, Adelina nahm sie ein paar Minuten später, die Tasche war nicht schwer, und sie trug sie zum Bahnhof, in den Zug, der sie zu ihrer Emma bringen würde.

In Chiasso stiegen die Schweizer Grenzbeamten zu. Sie musterten die Fahrgäste und die Gepäckablage. Adelina hatte die Tasche unter den Sitz geschoben, sie zögerte, ob sie die Männer in Uniform anschauen sollte, aber den Kopf abzuwenden, wäre gewiss auffälliger gewesen. Sie hätte eine Zeitschrift kaufen sollen oder ein Buch, dann wäre es leichter gewesen, beschäftigt zu wirken, aber das war gar nicht nötig, die Männer gingen vorbei und verließen den Wagen. Vorne erschienen nun die italienischen Kollegen von der Guardia di Finanza mit ihren hohen Mützen, darauf die gelbe Flamme. Sie waren gründlicher als die Schweizer, kontrollierten die Papiere eines jungen Mannes, stellten ihm Fragen zum Gepäck, schienen es dabei aber bewenden lassen zu wollen, und auch an Adelina waren sie schon fast vorbei, als es sich der Ältere der beiden, ein Mann mit gezwirbeltem Schnurrbart, anders überlegte und Adelinas Papiere verlangte. Aber sie war darauf vorbereitet, sie hatte alles bereitgelegt, es gab keinen Grund zur Aufregung, und sie reichte dem Beamten mit einem Lächeln ihren Ausländerausweis. Er fand nichts daran auszusetzen, es war ja alles in Ordnung, und es war auch nichts dabei, als er seinem Kollegen mit einem leichten Nicken ein Zeichen gab und aus dem Zug stieg. Der Jüngere stellte sich breitbeinig vor das Abteil, natürlich, das gehörte sich so, und einen Augenblick später erschien der Zwirbelbart vor dem Zugfenster und winkte, aber der andere war so mit seiner Breitbeinigkeit beschäftigt, dass er das Winken seines Kollegen nicht bemerkte, und es war Adelina, die ihn darauf aufmerksam machen musste. Sie sollten aussteigen, sie hatte es längst begriffen. Adelina nahm ihr Gepäck, und der Beamte folgte ihr durch den Gang an all den anderen Fahrgästen vorbei hinaus auf den Bahnsteig.

Sie brachten Adelina in ein Zimmer hinter der kleinen Kanzlei. Dort wartete sie zwei Stunden. Es war behaglich warm, jemand brachte ihr einen Kaffee und bat sie um Geduld, bald werde jemand kommen. Aber das Warten störte sie nicht, auch nicht die Frau in Zivil, die sich mit einem Namen vorstellte, den sie nicht verstand, auch die Behörde, für die sie arbeitete, sagte Adelina nichts. Die Frau legte eine Mappe auf den Tisch, entnahm ihr eine Akte und zwei Fotos.

Auf dem ersten war ein Kind in einem Overall zu sehen, ein Kind in einem Garten, an der Hand einer Person, deren Körper auf der Höhe der Brust abgeschnitten war. Die Frau legte ein zweites Bild auf den Tisch, ein Porträt, auch hier trug das Mädchen einen Overall.

Ob sie dieses Kind kenne, wollte die Frau wissen. Und ob sie einen Mann namens Emil Pollard kenne? Er habe das Mädchen in seinem Haus in Torre Pellice gefunden, versteckt auf dem Dachboden, ausgehungert und unterkühlt, und, weil er die Mutter nicht habe ausfindig machen können, schließlich der Polizei übergeben. Wie lange das Kind alleine gewesen sei, wisse man nicht, ein paar Tage sicher. Ob sie den Ort kenne? Was sie in Mailand wolle? Die Frau schaute sie an. Adelina schwieg.

Dann verließ die Frau ohne Namen den Raum, und als sie zurückkam, war sie in Begleitung zweier Beamter, die Adelina durchsuchten. Sie nahmen ihr die Handtasche und auch den Sportsack weg und forderten sie auf, mitzukommen.

Adelina verbrachte eine Nacht in einer Zelle im Zollhaus, und am nächsten Morgen überführte man sie nach Como, in das Gefängnis von San Donnino, ein düsteres, steinernes Gebäude mitten in der Altstadt, das mit seinen hohen Bogengängen, den schmiedeeisernen Schlössern und Türbeschlägen den Geist der Habsburger verströmte, die es hatten erbauen lassen, ein Kerker, der die Macht des österreichischen Kaisers und seinen Willen verkörperte, das Imperium gegen alle Widerstände zu verteidigen.

Man behandelte Adelina anständig, und weil sie keine Mittel hatte, wurde ein Pflichtverteidiger bestellt, ein freundlicher Herr in den Sechzigern. Er hieß Benedetto Salgari, hatte einen kugelrunden Bauch, der übersät war von den Krümeln des Konfekts, mit dem er auch Adelina bei Laune hielt, dazu brachte er ihr Wollsocken für die kalten Nächte und Birnen aus dem eigenen Garten.

In Adelinas Namen besorgte er die Korrespondenz, er schrieb die offiziellen und die privaten Briefe, an Emma ins Kinderheim von Trient, wo sie fürs Erste untergebracht war, sie solle sich keine Sorgen machen, schrieb er ihr, nur immer den Erzieherinnen gehorchen, die Mama denke an sie, und bald sei sie wieder da. Antwort kam umgehend, sie war freundlich, Emma entwickle sich ordentlich, zeige Appetit und habe den Scharlach, an dem sie vor einiger Zeit erkrankt sei, gut und ohne Schäden überstanden. Sie legte eine Zeichnung von Emma bei, darauf eine rote Sonne und ein großer, braunschwarzer Fleck, der wohl ein Herz darstellen sollte, und Benedetto bestand darauf, in Adelinas Namen auch einige Zeilen an Margherita und einen etwas längeren Brief an Emil zu schreiben, eine Darlegung der Geschehnisse mit der aufrichtigen Bitte um Verzeihung, und obwohl keine Antwort kam, fand Benedetto, ein Mensch müsse tun, was richtig sei und sich gehöre, ohne von den anderen dieselbe Behandlung zu erwarten.

Sieben Monate wartete Adelina auf ihren Prozess, und in jener Zeit taten die Mauern von San Donnino ihre Arbeit. Der grobe Anstaltskittel, das Rasseln der Schlüssel und der Blechnapf, die Suppe, das Salz und das Wasser, alles übernahm seinen Teil der Arbeit. Das Knirschen der Schritte im gekiesten Hof und die Amsel, die auf einem fernen Dach den Morgen begrüßte, der kleine Flecken Blau, den sie durch das Fenster erkennen konnte, die beiden Frauen, mit denen sie die Zelle teilte, ihr Flüstern bei Nacht, wenn mit dem lauten Knall der Zeitschaltuhr das Licht aus der Welt verschwand, die Geschichten, die sich die Frauen erzählten und die stets ihre Unschuld beschworen, das Wimmern und Schluchzen in die dünnen Kissen hinein, die Notdurft, die sie im Abort hinter der halbhohen Trennwand verrichteten, alles tat seine langsame, stete Arbeit, ein Werk musste vollendet werden, restlos und gründlich.

Die Verhandlung im Justizpalast an einem Mittwochmorgen dauerte eine knappe Stunde, während der sich zeigte, wie klug, erfahren und gerissen Benedetto argumentierte. Er hielt sich streng an die Tatsachen, nichts als die Wahrheit kam über seine Lippen, und er schilderte Adelina genau so, wie sie dieser Welt tatsächlich gegenübertrat, eine geistig kerngesunde, jedoch vollkommen ungebildete und in Teilen unreife Person, die der Entschlüsselung wesentlicher Zusammenhänge ermangele, die in ihrem Unwissen den falschen Leuten vertraut habe, eine Mutter, die sich aus Liebe, aus Sorge um ihre Tochter zu dieser Straftat habe verführen lassen. Die Angeklagte habe nicht wissen können, was mit ihr getrieben wurde, sie habe nicht abschätzen können, was die inkriminierende Tasche enthielt, ihr niedriger Bildungsstand habe diese Erkenntnis schlechterdings unmöglich gemacht, die vierzehn Rollen Sprengstoff, die vom Gelände einer schweizerischen Baustelle entwendet wurden, seien für die Angeklagte als solche überhaupt nicht erkennbar gewesen. Nein, mit diesen Banden, unter deren zunehmenden terroristischen Aktivitäten die ganze Nation leide, habe sie nichts zu tun, könne sie überhaupt nichts zu tun haben, da sie erst wenige Tage vor dem ersten Kontakt eingereist sei. Und da sie nur rudimentäre Kenntnisse im Lesen und Schreiben besitze, was der Facharzt Dottore Soundso in seinem den Akten beigefügten Attest bestätige, habe sie keine Möglichkeit gehabt, die Publikationen dieser Organisation zu lesen oder auf anderem Wege in den Einfluss ihrer verblendeten Ideologie zu geraten, im Gegenteil, die Angeklagte sei selbst ein Opfer dieser Verblendung geworden, eine unschuldige Seele, eine liebende Mutter, von nichts angetrieben als dem Wohl ihrer Tochter, verführt und beinahe zerbrochen von den Mächten des Bösen. Ihre Reue sei aufrichtig, die Führung vorbildlich, das Zeugnis der Direktion liege ebenfalls bei den Akten und bestätige dies. Bereits mit der Untersuchungshaft von mittlerweile zweihundertvierzig Tagen, die sie im Übrigen nur habe verbüßen müssen, weil sie über keine Mittel verfüge, um die ausgesetzte Kaution aufbringen zu können, und die nicht etwa angeordnet wurde, weil die Behörden ihre Flucht ins benachbarte Ausland hätten befürchten müssen, denn mittlerweile, wie man dem entsprechenden und ebenfalls den Akten beigelegten Schreiben der Ausländerbehörde der Schweizerischen Eidgenossenschaft entnehmen könne, sei ihre Aufenthaltsbewilligung kassiert und eine ordentliche Einreise nicht möglich.

Wenn es also um die Bemessung der Strafe gehe und wenn ein Mensch, wie der Volksmund in seiner Weisheit so richtig bemerke, aus Schaden klug werde, dann dürfe, dann müsse man auch im Falle der Angeklagten diesem Lernprozess vertrauen, denn welcher Schaden könnte für eine Mutter größer sein, als seit bald dreihundert Tagen im Gefängnis zu sitzen und ihrem einzigen Lebenszweck, dem eigenen Fleisch und Blut, der geliebten Tochter, schmerzlich entrissen zu sein?

Eine Strafe von elf Monaten auf Bewährung sei in diesem Fall angemessen, eine Haft würde der Angeklagten das Kind endgültig entfremden, denn der Verbleib im Kinderheim von Trient könne auch aus erzieherischen Grundsätzen nur vorübergehend sein, das Kind, das mit seiner Mutter übrigens in regelmäßigem brieflichen Kontakt stehe und wie seine Mutter ebenfalls nur die besten Atteste erhalte, dieses Kind also müsse in den nächsten Tagen und Wochen unweigerlich in einer Pflegefamilie platziert werden, da die Strukturen etwas anderes nicht erlaubten, und mit der Erlaubnis des hohen Gerichts dürfe er die ungefähren Kosten erwähnen, die bereits jetzt monatlich entstünden, es seien soundso viele Lire, und wenn das Gericht diesen Betrag hochrechne auf die Zeit bis zur Volljährigkeit von achtzehn Jahren, dann seien das natürlich soundso viele Milliarden Lire, eine Summe, die gegenüber der Öffentlichkeit schwerlich zu rechtfertigen sei. Deshalb, und damit dürfe er schließen, plädiere er für eine Strafe auf Bewährung und auf eine umgehende, sofortige Entlassung der Angeklagten, der Mutter.

Als der Verteidiger mit seinem Plädoyer zu Ende war, da war es kurz vor Mittag, die Mägen knurrten, der Staatsanwalt schaute auf seine Uhr, aber der Gerichtspräsident ließ sich nicht drängen, er wollte von Adelina wissen, ob sie gewillt sei, ihrem Leben eine neue Richtung zu geben, und wie es ihr Benedetto an jenem Morgen eingebläut hatte, antwortete sie mit einem kurzen Ja, und ebenso knapp, als der Gerichtspräsident fragte, wie sie gedenke, ihren Lebensunterhalt zu verdienen. Eine Arbeiterin sei sie, gewiss finde sie eine Stelle, zum Beispiel in einer Fabrik.

So wurde Adelina am selben Nachmittag aus der Haft entlassen, ausgerüstet mit einem Betrag zur Überbrückung für zwei Wochen und einer Fahrkarte nach Trient. Der Verteidiger putzte sich die Krümel vom Pullover, reichte ihr die Hand und verschwand durch die Via Giovio, ohne sich noch einmal umzudrehen.

Signora?, flüsterte die Nachtwache. Der Zug von Mailand nach Verona hatte sich verspätet, Adelina hatte den Anschluss nach Trient nicht mehr erreicht, und so war sie erst gegen zehn Uhr abends im Kinderdorf an der Via Hermann Gmeiner angekommen. Vom Bahnhof hatte sie sich zu Fuß auf den Weg gemacht, sie hatte nur leichtes Gepäck, und Adelina genoss den Spaziergang durch den lauen Abend. Es war Ende August, noch war Leben in der Stadt, die Menschen saßen in den Caffès, und jenseits der Fersina, die hoch oben im Valle dei Mocheni entsprang und weiter im Süden in die Adige mündete, stieg die Straße sanft an, wand sich den Hügel hinauf, in Richtung der hohen Berge, die sie im letzten Licht des Tages ausmachen konnte. Danach führte der Weg durch die ersten Weinberge, durch einen lichten Hain, und bald standen da die ersten Häuser des Kinderdorfes. Es war ein malerischer Ort, von einem tiefen Frieden erfüllt, und sie hörte ausgelassene Stimmen. Es war eine Gruppe Jugendlicher, die Adelina neugierig beäugten, als sie durch das Eingangstor das Gelände betrat.

Eine junge Frau begrüßte sie, es war die Nachtwache, die Kleinen lagen um diese Zeit schon in den Betten, und auf Adelinas Bitten hin führte die Frau sie durch einen Gang, Spielzeug stand in Kisten herum, an den Wänden Kinderzeichnungen, der Geruch von kleinen Kindern, dann stand Adelina in einer Tür und sah ihr Mädchen, schlafend in einem Kajütenbett.

Emma war groß geworden, die Haare standen ihr dick und schwarz und kraus und wundervoll vom Kopf ab, und alles in Adelina schrie danach, zu ihr hinzulaufen, sie an sich zu reißen, Emma in den Arm zu nehmen.

Signora?, hörte sie die Nachtwache sagen.

Sie zögerte, sie wollte die Kleine nicht wecken, sie wollte sie nicht aus ihrem Schlummer reißen, das wäre nicht recht gewesen. Emma schlief, sie schlief so friedlich, wie ein Kind nur schlafen konnte, die Hose war ihr hochgerutscht, Adelina sah die süßen, geliebten Waden, und es war ein netter, ein sauberer Schlafanzug, und sie fragte sich, ob sie in der Lage sein würde, ihr einen besseren Schlafanzug zu geben, ja, das wäre möglich, aber ein weicheres Bett wohl nicht, und einen schöneren Ort als diesen hier, in diesem Hain, in diesem Frieden, das gewiss nicht.

Es ging ihr gut hier, das sah Adelina mit schmerzhafter Deutlichkeit, nur ein glückliches Kind fand einen solchen Schlaf. Bestimmt hatte sie den ganzen Tag im Garten herumgetollt, mit ihren Kameraden, den Freundinnen, die sie gefunden hatte, die sie liebte, an die sie ihr Herz gehängt hatte, die bestimmt zu ihrer Familie geworden waren. Und Adelina war dankbar dafür, denn was brauchte ein Kind mehr? Gewiss, es brauchte eine Mutter, und das war Adelina, sie war Emmas liebende Mutter, aber ein Kind brauchte zuerst eine gute Mutter, und das war sie nicht.

Wenn sie jetzt an dieses Bett ginge, wenn sie ihre Tochter wecken und umarmen würde, wie würde es weitergehen? Woher das Geld, woher die Krume Brot? Und Adelina konnte sich vorstellen, welcher Mühsal und Sorge sie ausgeliefert wäre an jedem Tag der Woche. Sie hatte nichts zu geben als einen ewigen Kampf, das würde ihre Nähe für Emma bedeuten, und sie hatte kein Recht, ihre Tochter in diese Armut zu ziehen, in den Kerker einer Existenz, in der es nur um den eigenen Vorteil ging, in eine Welt aus Täuschung und Betrug, in der es gewiss auch Liebe gab, auch Wahrheit, aber ebenso gewiss war es, dass niemand weder das eine noch das andere zweifelsfrei erkennen konnte.

Sie hatte kein Recht, sich süßen Illusionen hinzugeben, kein Recht, ihrer Tochter aus diesem überwältigenden Gefühl der Liebe heraus alle Möglichkeiten zu nehmen. Es war die Eigensucht, die sie zu diesem Bett, zu ihrem Kind zog. Sie musste ihre Tochter weggeben, und sie wusste nicht, wie sie damit weiterleben sollte, ein größeres Unglück konnte nicht geschehen, das war sicher, aber viel weniger sicher war, ob dieser Verlust auch für Emma ein Unglück oder vielleicht doch ein Segen war.

Signora, flüsterte die Nachtwache.

Ich werde morgen vorbeikommen, antwortete Adelina. Sie schläft so friedlich, ich will sie nicht wecken, ich komme morgen wieder, morgen oder an einem anderen Tag.

Weitere Titel

Die Krume Brot

Einsiedler Welttheater

Vaters Kiste